KB101946

파
리
의　노
트
르
담

일러두기

• 이 책은 Victor Hugo, 『*Notre-Dame de Paris*』(Project Gutenberg, 2006)를 참고했습니다.

진형준 교수의 세계문학컬렉션

29

파리의 노트르담

Notre Dame de Paris

빅토르 위고 지음

살림

시집 『오드와 발라드』 *Odes et Ballades*

1826년 출간된 시집 『오드와 발라드』가 수록된 1856년판 『빅토르 위고 삽화본 작품집(*Oeuvres illustrées de Victor Hugo*)』에 실린 프랑스 화가 겸 삽화가 외스타슈 로르세의 삽화. 위고는 1923년 첫 소설 『아이슬란드의 앙(*Han d'Islande*)』, 1826년 두 번째 소설 『뷔그 자르갈(*Bug-Jargal*)』을 발표하고, 1829~1840년 사이에 5권의 시집을 더 출간했다. 1927년과 1830년에는 각각 희곡 『크롬웰(*Cromwell*)』과 『에르나니(*Hernani*)』를 발표했으며, 1831년에는 걸작 소설 『파리의 노트르담』을 펴냈다. 이로써 위고는 당대의 가장 위대한 작가로 명성을 떨치며 낭만주의 문학 운동을 이끌었다.

「**노트르담, 주교관과 수도원** Notre-Dame, l'Évêché et le cloître」

독일 출신의 프랑스 건축가 겸 화가 테오도르 호프바우어의 1875~1882년경 작품. 파리의 노트르담 대성
당과 주변 풍경을 그렸다. 1929년 빅토르 위고는 중세 고딕 건축의 가치를 사람들에게 일깨우기 위해『파
리의 노트르담』을 쓰기 시작했다. 19세기 들어 중세 건축물들은 흔히 철거되어 새 양식의 건물로 대체되
었다. 예를 들어 노트르담 대성당의 중세 스테인드글라스도 흰 유리로 바뀌었다. 그런데 이 소설의 엄청난
인기 덕분에 프랑스에서는 역사 유적 보존 운동이 일어나 고딕 건축물 복원이 활발히 이루어졌다. 19세기
에 이루어진 노트르담 대성당의 주요 재건축 작업도 그 성과 중 하나로, 오늘날 대성당의 외관 대부분이
그 당시 이루어진 재건축의 결과다.

카지모도에게 물을 건네는 에스메랄다

미국 영화감독 월러스 워슬리의 1923년 영화 〈노트르담의 꼽추(The Hunchback of Notre Dame)〉 중
한 장면. 납치범으로 붙잡혀 공시대에 묶인 『파리의 노트르담』의 주인공 카지모도에게 여주인공 에스메
랄다가 물을 주고 있다. 카지모도는 꼽추로 태어나 버려진 후 노트르담 대성당 부주교 프롤로에게 거두
어져 하인처럼 지낸다. 그는 마음씨는 착하지만 추악한 외모로 사람들에게 괴물 취급을 받으며, 종지기
로 일하면서 귀까지 먼다. 프롤로 부주교의 에스메랄다 납치에 가담했다가 대신 붙잡힌 그는 자신에게
처음으로 호의를 베푼 사람인 에스메랄다에게 사랑을 느끼고, 이후 줄곧 그녀를 보호해준다. 한편 최근
들어 1820년대에 노트르담 대성당에서 일하던 꼽추 조각가가 카지모도의 실존 모델이었다는 사실이 밝
혀졌다.

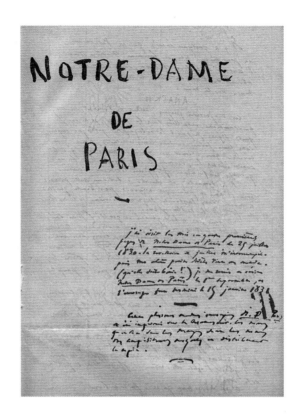

『파리의 노트르담』 원고

1830년경 위고가 쓴 『파리의 노트르담』 첫 쪽 원고. 최초 계약에 따르면 1829년 원고를 끝내기로 되어 있었지만 위고는 다른 일을 하느라 계속 탈고를 미루었다. 그러자 출판업자는 1831년 2월까지 작업을 끝내라고 요구했고, 위고는 1930년 9월부터 쉬지 않고 원고를 집필해 6개월 뒤 작품을 완성했다. 위고는 이 작업을 통해 '대서사극(Epic Theatre)', 즉 '모든 사람의 역사에 관한 거대한 서사시'라는 소설 개념을 도입했는데, 당시 사회의 말없는 목격자인 대성당을 배경으로 수십 명의 등장인물을 통해 그 시대의 모든 삶과 정신을 집약해낸 것이다. 그런 점에서 『파리의 노트르담』은 프랑스 왕부터 파리의 시궁쥐까지 모든 존재의 삶을 총망라한 최초의 소설이었다. 이러한 작업 방식은 이후 발자크, 플로베르 등 프랑스 작가뿐 아니라 찰스 디킨스를 비롯한 수많은 작가의 작품에 크나큰 영향을 미쳤다.

 파리의 노트르담 **차례**

서문

몇 년쯤 전의 일이다. 나는 노트르담 성당을 한 바퀴 돌아본 일이 있었다. 구경했다기보다는 차라리 샅샅이 뒤졌다고 하는 편이 옳았다. 그때 나는 그곳 한쪽 종탑 어두컴컴한 구석에서 벽에 새겨진 다음과 같은 단어를 발견했다.

'ΑΝ'ΑΓΚΗ

'숙명'이라는 뜻의 그리스어였다. 돌 속에 깊이 파인 채 오랜 세월이 흘러 새까맣게 된 그 그리스어 대문자들은 고딕체 특유의 분위기와 모양새를 간직하고 있었다. 마치 중세에 누군가가 썼다는 것을 확실하게 드러내 보여주는 것 같았다. 그것이 지닌 불길하고 음울한 의미가 내게 강한 인상을 남겼다.

낡은 성당 정면에 이런 죄악의 냄새와 불행의 흔적을 남기지 않고는 이승을 떠날 수 없었던 고통스러운 영혼을 지닌 사람은 과연 어떤 사람이었을까? 나는 생각에 생각을 거듭했다.

　　그 후 벽을 새로 칠했는지 긁어 없앴는지 그 글자는 사라져 버렸다. 그리고 노트르담 성당에 새겨진 그 신비로운 낱말에 들어 있는 운명에 대해서는 아무것도 남은 것이 없다. 이 책은 그 신비로운 낱말에 대해 내가 남기는 덧없는 추억이다.

　　이 책은 바로 그 신비로운 한 낱말로부터 탄생한 것이다.

1831년 2월

찰스 디킨스

제
1
부

재판소 대형 홀의 연극

지금으로부터 348년 6개월하고도 19일 전의 일이다. 시테섬(센강 한가운데 있는섬. 노트르담 성당이 있다)과 대학가, 그리고 도심의 모든 종들이 요란스럽게 울려 퍼지는 소리에 파리 사람들이 일제히 잠에서 깨어났다.

그렇다고 1482년 1월 6일 그날, 역사적으로 기억할 만한 일이 벌어진 것은 아니었다. 외적이 파리로 쳐들어온 것도 아니었고 '황공무지이신 국왕 폐하'께서 성내에 드신 것도 아니었으며, 그렇다고 파리 재판소 앞 광장에서 도둑놈과 도둑년이 한꺼번에 처형된 것도 아니었다.

그날 파리 시민들이 온통 들떠 있었던 것은 '주 공현절'과

'미치광이 축제'가 겹쳐진 날이 바로 그날이었기 때문이다. 주공현절은 그리스도 탄생 시 동방박사 세 사람이 별의 인도에 따라 경배하러 온 것을 기념하는 축일이며, 미치광이 축제날은 민중들이 자신들만의 교황을 선출하며 즐기던, 오래전부터 전해져오던 축제일이다.

그날 그레브 광장에서는 흥겨운 불꽃놀이가, 브라크 성당 앞에서는 식목 행사가, 파리 재판소에서는 연극이 있을 예정이었다. 전날, 자줏빛의 멋진 군복을 차려입은, 파리시장 나리의 부하 병사들이 거리에서 우렁찬 나팔을 불며 모두에게 그 사실을 알린 터였다.

이날 해가 뜨자 파리 시민들은 남녀노소 할 것 없이 집도 가게도 잠가놓고 세 곳 중 각자 좋아하는 곳을 향했다. 하지만 브라크 성당으로 가는 사람들은 거의 없었다. 사람들은 대개 흥겨운 폭죽놀이가 벌어지는 그레브 광장이나 연극이 공연될 재판소의 큰 홀을 향하고 있었다.

그중에서도 재판소 대형 홀로 가는 길은 인산인해였다. 플랑드르에서 온 사절단이 그곳에서 벌어질 연극과 역시 그곳에서 벌어질 미치광이 교황 선출 축제에도 참석할 것이라고 알려져 있었기 때문이다. 그 사절단은 프랑스 황태자와 플랑드르 공주의 혼인을 성사시킨다는 막중한 임무를 맡고 있었기에 사람들의 호기심을 더 끌었다. 게다가 추기경과 대법관도 사절단과 동행할 예정이었다.

그 대형 홀은 당시 세계에서 제일 큰 방이라는 명성을 얻고 있었다. 하지만 이날 그곳에 들어간다는 것은 여간 어려운 일이 아니었다. 창문에서 바라보면 재판소 광장은 마치 사람들로 이루어진 바다 같았다. 대여섯 개의 거리가 마치 대여섯 개의 하구처럼 이 바닷속으로 사람들의 물결을 쏟아내고 있었다. 재판소의 높다란 고딕식 정면 중앙계단도 오르내리는 인파로 뒤덮여 있었다.

고함 소리며 웃음소리, 수천 명의 발소리가 뒤엉겨 엄청난 소음과 혼잡을 불러일으키고 있었다. 경찰들이 나서서 질서를 잡는다고 애를 쓰고는 있었지만 역부족이었다.

그곳으로 나서지 않은 시민들은 차분하게 집집마다 문과 창문, 지붕 등에 모여 일제히 재판소 쪽과 그 주변의 요란한 군중을 지켜보고 있었다. 그들은 구경꾼들을 구경하는 것으로 만족하고 있었다. 하지만 우리는 그 인파에 뒤섞여 무슨 일인가 벌어지고 있는 그 인파의 벽 안으로 들어가보기로 하자.

우선 귓속이 윙윙거리고 눈이 빙빙 돌기 시작한다. 머리 위로는 금빛 백합 무늬가 장식된 하늘색의 둥근 천장이 있다. 그리고 발밑으로는 희고 검은 대리석 타일을 번갈아 깔아놓은 바닥이 있다. 안에는 모두 일곱 개의 기둥이 있어 둥근 천장을 떠받치고 있으며 홀의 가장자리에는 문과 문 사이, 창문과 창문 사이, 기둥과 기둥 사이사이마다 역대 프랑스 왕들의 조각상들이 즐비하게 늘어서 있다.

어슴푸레한 정월의 햇살이 비쳐드는 가운데 저마다 요란한 차림새를 한 소란스런 군중들이 이 기둥들 주위에서 맴도는 모습을 상상해보라. 그러면 그 길쭉하고 거대한 방 안의 그날의 모습을 어렴풋이 그려볼 수 있을 것이다.

이 거대한 평행 사변형 공간 안쪽 한편에 굉장히 큰 대리석 탁자가 하나 놓여 있었다. 어찌나 길고 두꺼운지 세상에 이보다 더 큰 대리석은 없었다고 전해지고 있다. 관례대로 연극은 그 거대한 대리석 판 위에서 상연될 예정이었다. 대리석 네 귀퉁이에는 재판소 소속 경관 네 명이 서 있었다. 만약의 사태에 대비해서 시민의 안전과 즐거움을 지키기 위해서였다.

대리석 판 반대편에는 예배당이 있었으며 그 벽에는 역시 역대 프랑스 왕들의 조각상이 세워져 있었다. 한편 방 한가운데에는 금빛 비단을 드리운 연단 하나가 있었다. 플랑드르 사신들과 다른 거물급 초대 인사들을 위해 마련한 귀빈실로써 복도 창을 통해 그 귀빈실로 올 수 있는 특별 출입구가 마련되어 있었다.

연극은 사절단이 도착하는 12시에 막이 오를 예정이었다. 하지만 군중들은 꼭두새벽부터 기다리고 있었다. 군중들은 이리저리 밀리며 아우성을 치고 있었으며 이렇게 늦게 도착하게끔 일정을 잡은 사절단과 부르봉 추기경을 향해 온갖 불평을 털어놓고 있었다.

마침내 정오가 울렸다.

"와!" 하고 모든 군중들이 이구동성으로 소리를 질렀다. 발과 머리들이 마구 움직이고 온 방 안에 기침 소리가 요란했다. 저마다 준비를 갖추고 끼리끼리 모여 자리를 잡았다. 모든 사람들이 목을 빼고 입을 벌린 채 대리석 탁자로 눈을 돌렸다. 그러나 아무도 나타나지 않았다. 네 명의 경관은 까딱도 하지 않고 서 있었다.

이번에는 모든 사람들의 시선이 플랑드르 사신들이 앉을 특별석으로 향했다. 문은 여전히 닫혀 있었고 단은 비어 있었다. 사람들이 아침부터 기다린 것은 세 가지였다. 정오와 플랑드르 사절단과 연극. 그런데 제시간에 온 것은 정오뿐이었다. 대체 얼마를 더 기다려야 한단 말인가! 이건 너무 심한 것 아닌가!

정오를 알리는 종이 울린 후 1분, 2분, 3분, 5분, 마침내 15분을 기다렸으나 아무 일도 일어나지 않았다. 단은 여전히 텅 비어 있었고 무대는 잠잠했다. 다시 시간이 흘렀지만 귀빈석과 무대 위에는 아무도 나타나지 않았다. 그사이 사람들의 안타까움이 분노로 변했다. 사람들은 나지막한 소리로 웅성거렸다.

"아니 왜 시작하지 않는 거지? 어떻게 된 거야?"

폭풍우가 군중들 위로 떠돌고 있었다. 순간 장 프롤로라는 이름의 학생 한 명이 갑자기 소리쳤다. 번쩍 번갯불을 터뜨린 셈이었다.

"연극을 시작하라! 플랑드르 놈들은 나가 뒈져라!"

그는 노트르담 성당의 부주교인 클로드 프롤로의 동생이었다. 그는 기둥 꼭대기 부근에 매달려 뱀처럼 몸을 비틀면서 힘껏 소리 질렀다.

군중은 박수갈채를 보냈다.

"연극을 시작하라!" 군중이 되풀이했다. "플랑드르 놈들은 꺼져버려라!"

"연극을 시작하라!" 학생이 다시 외쳤다. "그렇지 않으면 연극 대신에 법원장의 모가지를 매달아라!"

그러자 군중이 화답했다.

"말 한번 잘했다! 우선 저 네 명의 경찰들 목을 매달아라!"

네 명의 경관의 얼굴이 하얗게 질렸다. 위태로운 순간이었다. 사람들은 사방에서 "잡아 죽여라! 잡아 죽여라!"라고 외치고 있었다.

그 순간 무대 옆 탈의실 휘장이 오르더니 한 인물이 걸어 나왔다. 일순 실내가 조용해졌다. 마술에 걸린 듯 군중의 분노는 호기심으로 변했다.

그 인물은 매우 불안한 듯 사지를 떨고 있었다. 그는 꾸벅 꾸벅 절을 하며 무대 앞 가장자리까지 나왔다. 앞으로 나설수록 더욱더 허리를 깊이 구부려서 무릎을 꿇으려는 것처럼 보일 지경이었다.

장내가 쥐 죽은 듯 조용해지자 그가 입을 열었다.

"신사 숙녀 여러분! 저희들이 추기경 각하 앞에서 〈성모 마리아의 올바른 심판〉이라는 매우 아름다운 교훈극을 여러분에게 보여드리게 된 것을 매우 영광스럽게 생각하는 바입니다. 제가 주피터 신의 역을 맡았습니다. 추기경 각하께서는 지금 보데 성문에서 대학 총장님의 환영사를 듣고 계시느라 도착이 지연되고 있습니다. 추기경 각하께서 도착하시는 대로 연극을 시작하도록 하겠습니다."

처음에는 그의 개입이 효과가 있는 것 같았다. 아니 분명 효과가 있었다. 최소한 네 명의 경관이 즉석에서 처형되는 것은 막을 수 있었으니까. 더욱이 그의 의상이 무척 아름다워서 군중의 주의를 끌었고 그들을 진정시키는 데 적잖이 기여했다.

하지만 그의 복장이 가져다준 효과는 그의 말을 들으면서 점차 사그라졌다. 그리고 그가 불행하게도 추기경 각하가 도착하시는 대로 연극을 시작하겠다고 말을 맺자 그의 목소리는 빗발치는 야유 속에 잠겨버렸다.

"즉시 시작하라, 연극을! 당장 시작하란 말이다!"라고 군중들이 고함을 질렀다.

그러자 장 프롤로를 필두로 신학생들 패거리가 악을 써댔다.

"주피터와 추기경을 타도하라!"

"당장 극을 시작하라! 그렇지 않으면 배우들과 추기경의 목을 매달겠다!"

주피터는 진퇴양난이었다. 이대로 가다가는 군중들에게 목이 매달릴 것이고 당장 연극을 시작했다가는 추기경에게 목이 매달릴 판이었다. 어느 쪽이건 교수대만 눈앞에 아롱거렸다. 그는 벌벌 떨고 있을 수밖에 없었다.

그때였다. 그의 구원자가 나섰다. 대리석 무대 주위에 한 빼빼 마른 사나이가 슬쩍 나타났는데 그의 가느다란 몸은 원기둥에 가려져 사람들 눈에 띄지 않았다. 그는 키가 컸으며 이마와 뺨에 주름이 잡혀 있었지만 아직 젊은 나이였다. 눈빛은 날카롭고 입가에는 미소를 머금고 있었으며 낡아서 해지고 반들반들해진 검정 저지 옷을 입고 있었다.

그는 대리석 무대 앞 주피터 쪽으로 살금살금 다가오더니 이 가련한 주피터에게 손짓을 했다. 그러나 얼이 빠진 주피터는 그를 보지 못했다. 그는 주피터를 불렀다.

"이봐, 주피터."

그제야 그가 놀라서 뒤를 돌아보았다. 사내가 그에게 말했다.

"나요. 즉시 시작하도록 해요. 이 사람들이 원하는 대로 해 줘요. 법원장님께는 내가 잘 말씀드리겠소. 추기경님께는 법원장님이 알아서 말씀해주시겠지."

주피터는 안도의 한숨을 내쉬었다.

"여러분, 지금 곧 연극을 시작하겠습니다!" 그는 야유하는 군중들을 향해 있는 힘껏 외쳤다.

곧이어 고막을 찢을 것 같은 박수소리가 터졌고 그 소리는 주피터가 무대 뒤로 돌아간 다음에도 한참을 울려 퍼졌다. 주피터를 구해준 금발의 깡마른 사나이는 바로 이 연극의 작가이자 시인인 피에르 그랭구아르였다.

얼마 후 목제 난간에 앉아 있던 악사들이 악기를 연주하기 시작했다. 이윽고 검은 막이 오르면서 요란한 분장과 복장을 한 네 명의 배우들이 무대에 올랐다. 동시에 배경에 흐르던 음악이 멈추었다. 바야흐로 고대하던 연극이 막 시작될 참이었다.

그 네 명의 배우들은 이 연극의 「서시」를 낭송했다. 나는 그 「서시」의 내용에 대해서는 독자들에게 말하지 않겠다. 다만 그 「서시」를 통해 극의 줄거리는 대충 알 수 있었다. 농부

제1부

23

는 상인과 결혼했고 성직자는 귀족과 결혼한 사이라는 것, 그들은 귀중한 황금 돌고래 상을 공동으로 소장하고 있는데 이 세상 최고 미인만 그것을 가질 자격이 있다는 것, 결국 그들은 그 돌고래 상을 가질 자격이 있는 미인을 찾아 온 세상을 헤매게 된다는 내용이었다.

배우들이 화려한 비유와 언변을 쏟아내는 사이 이 연극의 작가 피에르 그랭구아르는 무대에 신경을 바짝 곤두세우고 있었다. 그는 그가 쓴 「서시」가 낭독될 때 울려 퍼지던 우레 같은 박수 소리를 눈을 지그시 감은 채 음미하고 있었다. 또한 배우들의 입을 통해 자신의 생각이 하나하나 관중들에게 파고드는 것을 보며 황홀한 감동에 사로잡히지 않을 수 없었다.

하지만 참으로 안타깝게도 그는 곧 그 황홀경에서 벗어날 수밖에 없었다. 구경꾼 속에서 이리저리 떠밀려 다니던 거지 하나가 「서시」가 시작될 무렵 귀빈석 난간 아래까지 비집고 들어간 것이다. 그 모습을 본 장 프롤로가 갑자기 미친 듯 웃으며 소리치기 시작했다.

"아이고, 저것 좀 보게! 저 비렁뱅이가 여기까지 와서 동냥질이네!"

개구리들이 우글대는 연못에 돌을 던져본 사람이라면 이런 상황에서 그 한 마디가 어떤 효과를 냈을지 짐작할 수 있을 것이다. 「서시」 낭독은 금방 중단되었고 사람들의 이목은 일제히 거지에게로 향했다. 거지는 당황하지도 않고 청승맞게 "한 푼 줍쇼"라고 길게 목청을 뽑았다. 장은 은화 한 닢을 그에게 던지면서 다시 큰 소리로 외쳤다.

"아니, 저게 누구야? 클로팽 트루유푸잖아? 다리에 붙이고 있던 상처가 오늘은 팔로 옮아갔구나!"

사람들의 주의는 무대를 완전히 떠나고 말았다. 거지의 태연한 모습과 장의 능청맞은 야유가 관중들에게는 더 재미있는 구경거리가 된 것이었다. 사람들은 둘을 향해 함성과 박수갈채를 쏟아내기 시작했다.

어이가 없다는 듯 잠시 그 모습을 멍하니 지켜보고 있던 그랭구아르는 이내 정신을 가다듬었다. 그리고 네 명의 배우들을 향하여 신경 쓰지 말고 어서 계속하라고 소리쳤다. 하지만 이미 흥은 어느 정도 깨진 뒤였다.

무대에서는 상인과 귀족이 옥신각신하는 와중에 농부가 호기롭게 다음과 같은 시구를 읊고 있었다.

"세상 어느 숲에서도 이보다 더 위풍당당한 짐승은 본 적이 없노라."

바로 그 순간, 지금껏 '걸맞지 않게' 굳게 닫혀 있던 사절단용 귀빈석 출입문이 '때맞지 않게' 활짝 열리더니 안내인의 우렁찬 목소리가 울려 퍼졌다.

"부르봉 추기경 각하께서 도착하셨습니다."

불행한 그랭구아르

아, 가엾은 그랭구아르! 20자루의 화승총이 일제히 불을 뿜어냈다고 하더라도, 탕플 성문 창고에 저장해놓은 모든 탄약이 한꺼번에 폭발했다 하더라도, 이토록 극적인 순간에 안내인의 입에서 터져 나온 "부르봉 추기경 각하께서 도착하셨습니다"라는 말보다 더 강하게 그랭구아르의 귀청을 울리지는 않았을 것이다.

그랭구아르는 장내를 가득 메운 관중들이 자신이 직접 지은 대사에 열광하는 광경을 온몸으로 느끼며 즐거워하고 있었다. 거지가 빚어낸 소동도 겨우 가라앉고 사람들은 다시 연극에 집중하고 있었다. 안내인이 그 우레와 같은 소리를 내기 직전까지 사람들의 찬탄 어린 반응에 그의 자존심이 한껏 부풀어 올라 있었다.

그러나 추기경의 도착을 알리는 소리와 함께 그가 우려하던 일이 피할 수 없는 현실이 되고 말았다. 사람들은 추기경이 등장할 문을 향해 일제히 고개를 돌렸다. 무대 위 배우의 말소리는 이제 그들 귀에 들어오지도 않았다.

"추기경이야! 추기경이 왔어!" 사람들은 입을 모아 되풀이했다. 「서시」는 불행히도 두 번째로 중단되었다.

추기경은 단으로 들어오는 문 앞에서 잠깐 걸음을 멈추었다. 그는 꽤 무심한 시선으로 청중을 한번 둘러보았다. 그 바람에 장내는 더욱 떠들썩해졌다. 저마다 추기경을 잘 보기 위해 머리를 내밀었다.

당연한 일이었다. 추기경만큼이나 하늘처럼 높은 분을 가까이서 한번 본다는 것은 연극을 보는 일보다 훨씬 드물고 귀한 일이었다. 조금 전까지만 해도 늑장부리는 것에 대해 불만이 가득했던 군중들, 추기경 같은 고위 공직자에게 딱히 존경심을 지닌 것도 아닌 어중이떠중이 군중들이 막상 추기경을 보자 그를 반긴 것은 그런 이유 때문이었다. 또한 추기경은 선한 사람이었고 평판도 좋았다. 게다가 저 멋진 법의와 그럴듯한 외모! 이렇게 잘생기고 높으신 분께 단지 자기들을 기다리게 했다는 이유 하나로 비난을 퍼부어서야 어찌 말이 되겠는가!

드디어 추기경이 귀빈석에 들어섰다. 그는 격조 있는 미소로 군중들에게 답례한 후 붉은 벨벳 의자로 천천히 걸음을 옮겼다. 그 뒤를 따라 수행주교와 사제들이 들어오자 사람들이 웅성거리기 시작했다. 사람들은 손가락으로 수행하는 사람들을 가리키며, 저 사람은 누구라는 둥, 또 저 사람은 누구라는 둥 아는 체를 했다. 군중들 사이에 섞여 있던 학생들은 노골적인 욕지거리를 퍼부어댔다. 그날은 미치광이 축제날이었다. 그들이 활개를 치는 날이었으며 마음껏 소란을 피워도 어느 정도 용인이 되는 날이었다. 게다가 군중들 가운데는 누구나 아는 유명한 창녀들도 섞여 있었다. 높은 분들과 창녀들이 함께 있는 가운데 마음껏 욕설을 퍼붓고 아주 조금쯤은 하느님을 모독해도 죄가 안 된다니 이 얼마나 좋은 날인가!

이어서 플랑드르 사절단 마흔여덟 명이 엄숙하게 둘씩 짝을 지어 나타났다. 그랭구아르에게는 엎친 데 덮친 재앙이었다. 그들이 등장할 때마다 문지기가 그들의 직위와 이름을 큰

소리로 외쳤다. 그들은 모두 플랑드르 지방 각 도시의 상류인
사들이었다. 수도원장, 법원장, 시장, 부시장, 또다시 법원장,
시장, 부시장……. 지루할 지경이었다. 그들은 모두 점잖았으
며 허리를 꼿꼿이 세우고 비단옷을 입은 채 근엄한 얼굴을 하
고 있었다.

하지만 그들 중에 단 한 사람 예외가 있었다. 교활하고 총
명하게 생겼으며 능글맞고 민첩하기가 원숭이를 닮은 듯한
얼굴이었다. 그의 이름이 소개되자 추기경은 몇 걸음 앞으로
걸어 나가 그에게 깊이 허리를 숙였다. 수위는 그를 단지 '강
시의 참의원 겸 연금 수령자 기음 랭'이라고 소개했을 뿐이었
다. 사람들은 추기경이 이 플랑드르의 별 볼 일 없어 보이는
말라깽이에게 공손하게 인사하는 것을 보고 깜짝 놀랐다. 그
는 겉으로는 드러나 있지 않았지만 유럽 제일의 모략 정치가
였다. 그는 재능을 인정받아 프랑스 루이 11세의 비밀 작업에
직접 참여하고 있던 인물이었다. 그 사실을 모르는 대중들이
놀라는 것은 당연했다.

강 시의 연금 수령자와 추기경이 서로 허리를 낮추어 예를
표하는 사이 어깨가 벌어지고 훤칠한 키의 사나이 한 명이 기

욤 랭을 따라 귀빈석에 오르려 했다. 흡사 여우 옆에 불도그가 서 있는 것 같았다. 머리에는 벙거지를 쓰고 있었으며 가죽 저고리를 걸친 게 주변의 비로드와 비단옷들과는 전혀 어울리지 않았다. 마부 따위가 잘못 따라 들어온 것으로 알고 안내인이 그를 제지했다.

"어이, 거긴 들어가면 안 돼!"

"뭐야, 이 자식이! 이봐, 나를 몰라보겠어? 나도 일행이야!"

그가 안내인을 어깨로 밀쳐내며 소리를 지르는 바람에 관객들의 눈길이 그에게로 쏠렸다.

"성함은?" 안내인이 물었다.

"자크 코프놀."

그가 하도 기세등등해서 안내인이 좀 다소곳해진 목소리로 물었다.

"무슨 일을 하시는지요?"

"강 시에서 '세 개의 쇠사슬'이라는 양품점을 하고 있다! 왜?"

그러자 안내인이 머뭇거렸다. 보좌관이나 시장이라면 문제가 없겠지만 양품점 주인이라니. 그때 기욤 랭이 미소를 지으며 안내인에게 다가가 속삭였다.

"강 시의 부시장 서기 자크 코프놀 님이라 소개하시오."

그러자 추기경이 거들겠다는 뜻으로 나서며 말했다.

"안내인! 저 유명한 도시 강의 부시장 서기 자크 코프놀 님을 소개하시오."

하지만 그게 실수였다. 기욤 랭 혼자 이 상황을 얼버무리게 두었으면 좋았을 것을 추기경의 말을 코프놀이 들어버린 것이다.

"뭐라고? 부시장 서기? 이런 제기랄! 나는 양품점 주인 자크 코프놀이란 말이오! 안내인, 더하지도 말고 덜하지도 말고 그렇게 소개하시오. 오스트리아 대공께서도 우리 집에서 장갑을 여러 번 사가셨단 말이오."

그의 목소리가 장내에 쩌렁쩌렁 울렸고 사람들의 웃음소리와 함께 박수가 터져 나왔다. 그가 거만한 태도로 추기경에게 인사를 하자 추기경은 얼른 답례했다. 그는 거기 모인 사람들의 속을 시원하게 풀어준 셈이었다. 자기네와 똑같은 하층민 중 한 사람이 추기경과 맞장을 뜨다니! 그는 대번에 그곳에 있는 군중들의 마음을 사로잡았다.

그런데 추기경의 고난은 여기서 끝난 게 아니었다. 앞서 연극의 「서시」를 중단하게 만들었던 거지가 사라지지 않은 채 귀빈석 바로 아래 자리에 태연하게 앉아 좌우로 구걸을 하고 있었다. 그런데 공교롭게도 사람들의 마음을 사로잡은 그 강시의 옷장수 나리가 단상 바로 첫 줄, 그러니까 바로 그 거지 위에 앉게 되었다.

코프놀은 그 거지를 바라보더니 스스럼없이 어깨를 툭툭 두드렸다. 뒤돌아본 거지는 처음에는 깜짝 놀란 표정을 짓더니 곧 누구인지 알겠다는 듯 얼굴이 환해졌다. 그들은 마침내 반갑게 손을 잡고 주변 사람들 시선은 아랑곳하지 않은 채 이야기를 나누기 시작했다. 누더기를 입은 거지는 귀빈석 금색 장막에 몸을 기댔는데 마치 오렌지 위에 송충이가 앉은 것 같았다.

귀빈석에 앉은 손님과 거지가 다정스럽게 이야기를 나누다니! 사람들은 미친 듯이 흥에 겨워 떠들어댔고 추기경도 곧 눈치를 챘다. 추기경이 몸을 굽혀 그쪽을 바라보았다. 하지만 거지의 모습만 눈에 들어왔을 뿐이었다. 거지가 무엄하게 동냥질을 한다고 생각한 그는 소리를 질렀다.

"법원장, 저놈을 강물에 던져버리시오!"

그러자 코프놀이 거지의 손을 잡은 채 말했다.

"맙소사! 추기경 각하, 이 사람은 제 친굽니다!"

"얼씨구, 잘한다!" 군중들이 외쳤다.

괜한 소동을 일으킬 것 같아 추기경은 입을 다물었다. 관객들은 일제히 "만세!"를 외쳤다.

하지만 그 만세 소리가 전혀 귀에 들어오지 않는 사람이 있었다. 그는 무대 옆에 남루한 검은 옷을 입고 창백한 얼굴을 하고 있었다. 그 사나이는 도대체 누구인가? 바로 피에르 그랭구아르였다.

우리는 잠시 그를 까맣게 잊고 있었다. 사실 그가 가장 두려워하던 것이 바로 자신의 존재가 무시되는 것이었는데 말이다. 추기경이 들어왔을 때부터 그는 「서시」를 끝까지 무사히 마칠 수 있게 하려고 무단히 애를 썼다. 하지만 아무도 연극에 주목하는 사람이 없었다. 그는 연극을 중단시킬 수밖에 없었다. 연극이 중단된 15분 동안 그는 발을 동동 굴렀다. 그러나 사람들의 마음은 이미 연극에서는 떠나 있었다.

하지만 그는 포기하지 않았다. 어느 정도 소란이 가라앉자 그가 무대를 향해 소리쳤다.

"극을 다시 시작하시오. 자, 연극이 다시 시작됩니다." 그러자 장 프롤로가 응수했다.

"연극은 무슨 연극! 이미 다 끝난 것 아냐?"

다른 학생들도 "연극은 집어치워라!"라고 외쳤다.

그래도 그랭구아르는 연극을 강행했다. 하지만 그는 정말 불운했다. 아직 입장하지 않은 플랑드르 사절단이 한 사람씩 계속해서 들어오고 있었다. 배우들의 대사 사이사이에 입장하는 사람의 이름과 직함을 알리는 수위의 우렁찬 목소리가 끼어들었다. 이런 상태로는 연극이 더 이상 계속될 수 없었다. 그래도 배우들은 꿋꿋하게 연기를 계속하고 있었다.

그랭구아르는 자신의 시적 감각이 넘치는 연극이 하나씩 무너지는 것을 보며 너무 괴로웠다. 어쨌든 겨우겨우 사절단의 입장이 끝났다. 그랭구아르는 한숨을 내쉬었다. 이제라도 마저 연극을 하면 되리라.

그때였다. 옷장수 코프놀 나리가 자리에서 벌떡 일어나더니 사람들의 시선을 한 몸에 받으며 일장 연설을 늘어놓는 것이 아닌가!

"파리의 신사 숙녀 여러분! 우리가 지금 여기서 무엇을 하고 있는지 저는 도통 모르겠습니다. 지금 성극인지 뭔지 하고 있는 모양인데 도무지 재미가 없구려. 서로 입씨름만 할 뿐 진도도 안 나가고 있으니……. 자, 우리 다른 걸로 즐깁시다.

듣자하니 미치광이 축제에서 교황을 선출한다면서요? 우리 플랑드르의 강 시에서도 미치광이 축제에서 교황을 선출합니다. 축제라면 우리가 어디에도 뒤지지 않거든! 우리는 그걸 이런 식으로 합니다. 사람들이 모인 자리에서 구멍에 얼굴을 하나씩 들이밀고 인상을 쓰는 거지. 그중 가장 추악한 낯짝을 하고 있는 자가 축제의 광인 교황으로 뽑히는 겁니다. 어때요? 여러분, 우리나라 식으로 교황을 뽑아보지 않겠습니까? 저 수다를 듣는 것보다는 덜 지루할 거요. 어떻습니까, 여러분!"

군중들은 그 제안에 열광했다. 그랭구아르는 두 손으로 얼굴을 감쌀 수밖에 없었다. 불행히도 그에게는 얼굴을 가릴 외투조차 없었다.

카지모도

눈 깜짝할 사이에 코프놀의 제안을 실행할 준비가 갖추어졌다. 시민과 학생들이 나서서 주도했고 코프놀이 모든 것을 지휘했다. 대리석 무대 맞은편의 작은 예배당이 얼굴 찌푸리기 대회 장소로 선정되었다. 예배당 문 위쪽의 유리창이 한 장 깨져 둥근 구멍이 뚫려 있어서 경쟁자들이 그리로 얼굴을 내밀기로 한 것이었다. 구멍까지 얼굴이 닿을 수 있도록 통 두 개를 포개어 세워, 딛고 올라설 받침대로 사용하기로 했다. 각 후보자는 얼굴을 숨긴 채 예배당 안에 숨어 있도록 했다.

교황 선출 준비를 하는 사이 추기경은 저녁 기도를 핑계로 자리를 떴다. 그가 등장할 때는 그토록 야단법석이었던 군중들은 그가 떠날 때는 손톱만큼도 신경을 쓰지 않았다.

드디어 얼굴 찡그리기 대회가 시작되었다. 구멍에 처음 나타난 얼굴은 눈꺼풀을 뻘겋게 뒤집어 까고 아가리를 떡 벌린 채 이마에는 장화처럼 쪼글쪼글 주름을 잡았다. 모든 사람들이 포복절도했다. 이어서 두 번째, 세 번째, 네 번째 얼굴들이 연이어 나타났다. 그때마다 사람들은 발을 구르고 허리를 구부리며 웃어댔다. 세모꼴에서 사다리꼴까지, 원뿔형에서 다면체에 이르기까지 온갖 기하학적 형상들이 거기에 있었다. 산돼지의 주둥이에서 새의 부리까지 온갖 기괴한 동물들의 모습이 그 구멍에 차례로 나타났다.

그 축제에는 학생도, 사절단도, 시민도, 남자도, 여자도 없었다. 모두가 한통속이 되어 제멋대로들 떠들어대고 있었다. 장내가 온통 고함소리요 아우성에 들끓고 있었다. 대강당은 이제 뻔뻔스러움과 쾌활함이 끓어 넘치는 일종의 도가니처럼 되어가고 있었다. 단 한 사람, 그랭구아르만이 빼앗겨버린 관객들의 등을 바라보며 한숨짓고 있을 뿐이었다.

그때였다. 귀청을 찢는 듯한 환호와 갈채가 한꺼번에 터져 나왔다. 드디어 미치광이 교황에 걸맞은 얼굴이 유리창 구멍에 나타난 것이다.

"그래! 맞아! 바로 저거야!" 구멍에 나타난 그 모습을 보고 군중들이 사방에서 외쳐댔다.

그 모습은 참가자들이 저마다 있는 힘을 다해 지어낸 기괴한 형상들의, 말하자면 이상형이었다. 결국 저 형상을 얻기 위해 모두 노력한 것 같았다. 코프놀 나리 자신도 박수갈채를 보냈고 모든 경쟁자들이 패배를 인정할 수밖에 없었다.

정말로 기괴한 얼굴이었다. 사각형 코에 말발굽 같은 입, 텁수룩한 붉은 눈썹에 덮인 찌그러진 왼쪽 눈, 커다란 사마귀 아래 완전히 가려진 오른쪽 눈. 게다가 이빨들은 마치 요새의 총구멍처럼 드문드문 빠져 있었으며 그중 하나가 코끼리 어금니처럼 윗입술 위로 뻗어나와 있었고 턱은 둘로 갈라져 있었다. 그리고 그 표정이란! 그 기괴한 얼굴에는 심술과 놀라움과 슬픔이 뒤섞여 있었다.

만장에 박수갈채가 터졌다. 사람들은 예배당 쪽으로 몰려들었다. 그들은 선출된 광인 교황을 끌어냈다. 그러자 놀라움과 감탄이 절정에 달했다. 그는 일부러 그런 형상을 만들어낸 것이 아니었다. 그 기괴한 상은 바로 그의 얼굴 자체였던 것이다.

얼굴만이 아니었다. 그의 몸 전체가 일그러져 있었다. 엄청나게 큰 머리통에는 붉은 머리칼이 곤두서 있었고 두 어깨 사이에는 커다란 곱사등이 솟아 있었으며, 다리는 마치 반원형의 낫 두 개를 이어놓은 듯 이상야릇하게 뒤틀려 있었다. 게다가 커다란 발과 괴물 같은 손까지!

그리고 그 기형과 더불어 무언가 알 수 없는 엄청난 힘과 날쌘 몸짓을 그는 지니고 있었으니, 힘은 아름다움과 마찬가지로 조화로운 몸에서 나온다는 저 영원한 법칙을 위반하는 기묘한 사례였다.

마침내 몸집 넓이가 키와 비슷한 땅딸막한 괴물이 예배당 문 앞에 당당하게 섰다. 사람들은 그가 걸친 붉은 외투와 추악한 그의 형상을 보고 당장에 그를 알아보고 외쳤다.

"종지기 카지모도다! 노트르담의 꼽추 카지모도다!"

"애꾸눈 카지모도! 안짱다리 카지모도다!"

여자들은 무서워서 눈을 가렸다. 한 여자가 말했다.

"저건 악마야."

"난 노트르담 성당 옆에 살고 있는데 밤새도록 처마 홈통을 얼쩡거리는 소리가 들린다니까"라고 옆의 여자가 거들었다. 그러자 그 옆의 여자가 말했다.

"저 녀석은 틀림없이 악마들의 밤잔치에 갈 거야. 한번은 우리 집 옆에 빗자루를 놓고 갔더라고."

하지만 당사자인 카지모도는 예배당 문 앞에 침울하고 근엄한 표정으로 서 있을 뿐이었다. 그때 학생 한 명이 그의 코 앞에 와서 얼굴을 바싹 들이밀고 웃어댔다. 카지모도는 그의 허리띠를 잡더니 열 걸음 정도 떨어진 군중 속으로 내동댕이쳐버렸다.

코프놀은 감격해서 그에게 가까이 갔다.

"맙소사! 너는 정말로 내가 난생처음 보는 아름다운 괴물이다. 그 정도면 파리에서뿐 아니라 로마에서도 교황이 될 수 있겠다. 돈이 얼마가 들든 너랑 한 상 잘 차려 먹고 싶구나. 어때? 그럴 생각 없나?"

그러나 카지모도는 아무 대답도 하지 않았다.

"뭐야, 젠장 맞을. 너 귀머거리냐?"라고 코프놀이 말했다.

그러자 그의 옆에 있던 노파가 그에게 그는 정말 귀머거리라고 말한 후 덧붙였다.

"하지만 말은 한다오. 종을 치느라 귀머거리가 됐지만 벙어리는 아니라오."

그사이 거지 떼와 하인들, 소매치기와 학생들이 어울려 종이로 만든 관과 남루한 법의를 챙겨왔다. 카지모도는 꼼짝도 하지 않은 채 그들이 관을 씌우고 법의를 입히도록 내버려두었다. 이어서 사람들이 그를 울긋불긋하게 장식한 들것 위에 앉히고는 열두 명의 사내들이 들것을 어깨에 메었다.

애꾸눈의 거인은 자기의 뒤틀린 발아래 있는 꼿꼿하고 잘생긴 사람들을 내려다보았다. 그의 우울한 얼굴에 고통스러우면서도 경멸적인 기쁨의 표정이 나타났다. 이 요란한 행렬은 재판소 회랑 안을 한 바퀴 돈 다음 거리를 향해 밖으로 나갔다.

이 소동이 계속되는 동안에도 그랭구아르의 연극은 계속되었다는 것을 독자들에게 밝혀야겠다. 배우들은 그의 독려로 열심히 희곡 대사를 외웠으며 그는 열심히 경청했다. 그는 언젠가 청중이 돌아오리라는 희망을 잃지 않고 있었다. 그리고 광인 교황을 들것에 태우고 사람들이 밖으로 나가기 시작하자 그의 희망의 불씨는 되살아났다. 그는 중얼거렸다.

"됐어. 엉터리 같은 놈들은 나가버리고 진짜 관객만 남을 거야."

그러나 불행히도 관중 모두가 엉터리 같은 놈들이었다. 눈 깜짝할 사이에 대강당은 텅 비어버렸다. 하지만 정확히 말하자면 아직 약간의 청중은 남아 있었다. 여자들 몇 명과 늙은이들, 어린애들이 기둥 둘레에 아직 모여 있었다. 몇몇 학생들은 여기저기 창틀에 걸터앉아 광장을 바라보고 있었다. 하지만 그나마도 그가 기대하는 관중이 될 수 없었다. 창가에서 광장을 내다보고 있던 젊은 장난꾸러기들 중의 한 명이 외쳤던 것이다.

"에스메랄다다! 에스메랄다가 광장에 있다!"

그 말은 마술 같은 효과를 빚어냈다. 그나마 실내에 남아 있던 사람들도 모두 창가로 달려갔다.

그랭구아르는 서글프게 두 손을 마주 잡는 수밖에 없었다.

"도대체 에스메랄다가 무슨 뜻이야? 애고, 이번에는 창문 차례로군."

바깥에서 우레와 같은 박수소리가 들려왔다.

연극은 이제 중단될 수밖에 없었다. 그랭구아르는 배우들에게 "다들 꺼져버려! 내가 시청에서 보수를 받은 다음에 출연료를 줄게"라고 말했다.

이어서 그는 중얼거렸다.

"이놈들, 연극을 보러 와서 다른 데 정신이 팔리다니! 거지에게, 추기경에게, 코프놀에게, 카지모도에게! 악마에 정신이 팔려 성모 마리아를 외면하다니! 아이고, 사람들 얼굴을 보러 왔던 내가 등짝밖에 못 보다니! 시인이면서 약장수 꼴이 되다니! 그런데 도대체 에스메랄다가 뭐기에 그나마 남은 사람들마저 뺏어가는 걸까?"

제
2
부

에스메랄다

　　　　　정월에는 밤이 빨리 찾아오는 법이다. 그랭구아르가 재판소를 나섰을 때 거리는 이미 어두웠다. 시인이자 철학자인 그에게는 어두워진 것이 차라리 나았다. 인적 없는 골목길에서 마음껏 명상에 잠길 수 있었기 때문이었다. 이제 스스로 철학자가 되어 시인으로서 입은 상처를 치료해주는 것이 필요했기 때문이었다.

　어두운 거리 그곳만이 그의 휴식처였다. 돌아갈 곳이 없었기 때문이었다. 첫 데뷔 연극이 보기 좋게 실패한 지금, 방세가 반년치나 밀려 있는 하숙집으로 돌아갈 수는 없었다. 밀린 방세가 그가 지닌 전 재산의 열두 배나 되었다. 연극의 대가로 시청에서 받기로 한 돈을 받지 못한 그는 그야말로 거지 신세였다. 거리에서 잠을 자는 수밖에 없었다.

그는 이리저리 헤매었지만 마땅한 장소를 발견할 수 없었다. 그는 그레브 광장으로 가기로 결심했다.

"그래 거기로 가자. 불꽃놀이에 쓰던 화톳불이 아직 남아 있을 테니 몸을 녹일 수도 있겠지. 시에서 공식적으로 마련해 놓았던 빵 부스러기가 남아 있다면 그걸로 저녁을 때울 수도 있을 거야."

그레브 광장에 도착했을 때 피에르 그랭구아르의 몸은 얼어 있었다. 다리를 건너오다가 물방아 바퀴들이 튀기는 물에 옷이 흠뻑 젖은 것이었다. 그는 광장 한복판에서 훨훨 타오르는 불을 향해 급히 다가갔다. 그러나 수많은 군중들이 불 주위를 뺑 둘러싸고 있었다. 그는 '망할 놈의 파리 놈들 같으니!'라고 투덜거리며 군중 사이를 헤집고 들어갔다.

그런데 단순히 불을 쬐기 위한 것이라기에는 군중들의 숫자가 너무 많다고 그는 생각했다. 그의 짐작이 맞았다. 군중과 불 사이 널따란 공터에서 볼거리가 벌어지고 있었던 것이다.

아가씨 한 명이 거기서 춤을 추고 있었다. 그의 눈이 휘둥

그레졌다. 인간인지, 요정인지, 또는 천사인지, 아무리 그랭구아르가 회의적인 철학자요, 비판적인 시인이었다 하더라도 선뜻 묘사하기 어려운 여자가 아름다운 춤을 추고 있었던 것이다. 그는 단번에 매혹되었다.

그녀는 키가 크지는 않았지만 날씬한 몸매 때문에 커 보였다. 그녀의 살갗은 갈색이었다. 하지만 낮이라면 안달루시아나 로마의 여성들처럼 금빛으로 빛날 것이 틀림없었다. 그녀의 자그마한 발은 고운 신발에 꼭 죄게 감추어 있었지만 무척 편안해 보였다.

그녀는 발아래 아무렇게나 던져놓은 낡은 양탄자 위에서 마치 소용돌이처럼 빙글빙글 돌며 춤을 추고 있었다. 그 아름다운 얼굴이 사람들 앞을 지나갈 때마다, 그녀의 커다란 검은 눈에서 별빛이 반짝였다.

사람들은 모두 입을 헤벌리고 그녀를 응시하고 있었다. 포동포동한 두 팔을 머리 위에 치켜들고 탬버린을 치면서, 말벌처럼 발랄한 자태로 춤을 추고 있는 그녀의 모습은 아무리 보아도 사람 같지 않았다. 드러난 어깨, 때때로 치맛자락 밖으로 드러나는 미끈한 다리, 검은 머릿결, 불길이 타오르는 그녀의 눈! 그건 인간의 것이 아니었다.

그랭구아르는 중얼거렸다.

"아, 저건 불도마뱀이다. 요정이다. 아니, 여신이다. 바쿠스 신의 무녀다!"

순간 땋아 늘인 그녀의 머리가 풀리더니 거기 꽂혀 있던 노란 구리쇠 조각 하나가 땅바닥에 굴러 떨어졌다. 그랭구아르는 환상에서 벗어났다.

"아! 집시 여자로구나!"

화톳불의 강렬한 불빛을 받으며 춤을 추고 있는 그녀의 모습은 엄청난 마력을 지니고 있었고 고혹적이었다. 관중들의 얼굴도 화톳불에 주홍색으로 물들어 있었다.

그렇게 주홍빛으로 물든 얼굴들 중에 춤추는 아가씨를 그 누구보다 골똘히 바라보는 한 얼굴이 있었다. 군중들 속에서 옷이 가려져 있는 그 사내는 엄숙해 보이면서도 침착하고 침울한 표정을 하고 있었다. 서른다섯 살은 넘기지 않은 것 같았지만 대머리였으며 높고 넓은 이마에는 주름이 패기 시작하고 있었다. 그러나 그의 눈에서만은 야릇한 젊음이, 타오르는 생명이, 깊은 정열이 깃들어 있었다.

그는 그 눈을 집시 여인에게서 줄곧 떼지 않고 있었다. 집시 여인이 즐거워하는 군중들에 둘러싸여 미친 듯 춤을 추고 있는 동안 사나이의 얼굴은 더욱 침울해져가는 것 같았다. 때때로 미소와 한숨이 번갈아 그의 입술에 나타나곤 했는데, 한숨을 쉴 때보다 미소 지을 때 더 고통스러워 보였다. 아가씨는 숨이 찬 듯 이윽고 춤을 멈추었다. 관중들은 신나게 박수갈채를 보냈다.

"잘리" 하고 그녀가 말했다. 그러자 양탄자 구석에 앉아 있던, 윤이 반짝반짝 나는 새끼 염소 한 마리가 일어나더니 그녀 쪽으로 왔다. 염소의 뿔과 발은 금빛이었고 목에는 금빛 목걸이를 하고 있었다.

그녀는 "잘리, 이제 네 차례야"라고 말하면서 금빛 탬버린을 염소에게 내밀었다.

그녀가 말했다.

"잘리, 지금 몇 월이지?"

그러자 염소가 앞발을 들어 탬버린을 한 번 쳤다. 군중들이 환호했다.

"잘리." 그녀는 탬버린을 돌린 다음 다시 말했다.

"오늘은 며칠이지?"

그러자 잘리는 작은 금빛 발을 들어 탬버린을 여섯 번 쳤다. 아가씨는 탬버린을 다시 앞쪽으로 돌리면서 계속 말했다.

"지금은 몇 시지?"

잘리는 일곱 번 탬버린을 두드렸다. 순간 광장 건물 시계가 7시를 울렸다. 사람들은 입을 벌린 채 감탄했다.

그때였다. "저건 마술이다"라는 음울한 목소리가 군중들 사이에서 들렸다. 그녀에게서 눈을 떼지 않고 있던 대머리 사내의 목소리였다.

그녀는 바르르 몸을 떨며 뒤돌아보았다. 그러나 곧 박수갈채가 터져 그 음산한 목소리를 묻어버렸다.

그녀는 다시 염소에게 말했다.

"잘리, 성축절(2월2일에 행해지는 그리스도 봉헌축일) 때 기마대장 그랑레미 나리가 어떻게 하지?"

잘리는 뒷발로 일어서더니 매매 울면서 점잖게 걷기 시작했다. 사람들은 폭소를 터뜨렸다. 기마 대장의 계산적인 신앙심을 여지없이 풍자하는 것처럼 보였기 때문이다. 아가씨는 사람들의 호응이 커지는 것에 용기를 얻어 다시 말했다.

"잘리, 교회 법원의 국왕검사 자크 샤르몰뤼 나리는 설교할 때 어떻게 하지?"

그러자 염소는 궁둥이를 깔고 앉아 매매 울면서 기묘하게 앞발을 흔들었다. 몸짓도, 억양도, 태도도 자크 샤르몰뤼 그대로였다.

사람들의 박수소리는 더욱 높아졌다.

"신이 무섭지 않은 게냐? 신을 모독하는 거냐?" 이번에도 대머리 사내였다.

아가씨는 아랫입술을 뾰로통하게 내밀며 "어머나, 또 저 사람이네"라고 말하더니 탬버린을 사람들 앞으로 내밀었다. 크고 작은 은화, 동전 들이 비 오듯 탬버린 안으로 쏟아졌다.

그녀는 그랭구아르 앞에서 발걸음을 멈추었다. 그가 호주머니에 손을 넣고 있었기 때문이다.

"제기랄!"

그의 주머니는 텅 비어 있었다. 그러나 그 아리따운 아가씨는 그 자리에 선 채 커다란 눈으로 그를 바라보며 계속 탬버린을 내밀고 있었다. 그랭구아르는 식은땀을 흘렸다. 만약 그에게 돈이 있었다면 틀림없이 그녀에게 주었을 것이다.

그때 뜻하지 않은 일이 벌어져 난처한 그를 구해주었다.

"당장 꺼지지 못할까! 이 집시 메뚜기야!"라고 외치는 소리가 광장 가장 어두운 구석에서 터져 나온 것이다. 아가씨는 흠칫 놀라 그쪽으로 고개를 돌렸다. 이번에는 대머리 사나이의 목소리가 아니었다. 어딘가 경건하면서도 심술궂은 여자의 목소리였다.

그러자 그곳을 얼쩡거리던 한 패의 아이들이 깔깔거리며 말했다.

"롤랑 탑의 은자 할머니네! 저 '자루 수녀' 할머니가 으르렁거리네. 할머니가 저녁을 못 드셨나? 시에서 배급하는 과자라도 있으면 갖다주자."

옷도 없이 자루를 뒤집어쓰고 있는 수녀처럼 불쌍하다는 뜻에서 사람들은 그녀를 '자루 수녀'라고 불렀다.

아이들은 우르르 식탁으로 달려갔다. 그랭구아르도 거북한 그 자리를 피해 아이들을 따라 시에서 차려놓은 식탁으로 갔다. 하지만 빵 한 덩어리도 남아 있지 않았다. 그나마 남아 있던 것을 아이들이 모두 가져간 것이었다. 저녁밥을 먹지 못하고 자야 한다는 것도 서글픈 일이었지만 어디서 자야 할지 모른다는 것은 더 서글픈 일이었다. 빵도 없고 집도 없었다.

그가 서글픈 명상에 빠져들고 있을 때 감미롭기 그지없는 노랫소리가 들려왔다. 그 젊은 집시 여인이 노래를 부르고 있었던 것이다. 그녀의 목소리는 그녀의 춤, 그녀의 아름다운 얼굴과 마찬가지로 이루 말할 수 없을 만큼 매혹적이었다. 그녀의 노래는 맑고 경쾌하게 공중을 훨훨 날아다니고 있었다.

그는 노랫말의 뜻도 모르면서 그녀의 노래에 감동하여 눈물을 흘렸다. 그녀는 새처럼 고요하고 태평하게 노래를 부르고 있었으며 그 노래는 무엇보다 기쁨을 선사해주고 있었다. 그는 그녀의 노래에 취하여 만사를 다 잊어버렸다. 그는 정말로 몇 시간 만에 잠시나마 현실의 고통을 잊을 수 있었다.

하지만 그런 황홀경은 아주 잠깐이었다. 보헤미아 아가씨의 춤을 중단시켰던 그 노파의 목소리가 그녀의 노래까지 멎게 만든 것이었다.

"아가리 닥치지 못할까! 이 지옥의 매미 같으니!"

가엾은 매미는 노래를 뚝 그쳤다. 그랭구아르는 화가 나서 외쳤다.

"이런, 빌어먹을 이 빠진 톱니 같은 할망구 같으니라고! 리라를 부숴놓다니!"

다른 구경꾼들도 투덜거리긴 마찬가지였다. "뒈져라! 망할 놈의 자루 수녀 같으니!"라고 외치는 사람들이 한둘이 아니었다. 바로 그때였다. 미치광이 교황의 요란스런 행렬이 그레브 광장으로 쏟아져 들어왔다.

재판소를 나선 미치광이 교황 행렬이 이곳까지 오는 도중에 파리의 거지와 부랑자들이 합세하는 바람에, 일행은 어마어마하게 불어나 있었다. 행렬의 선두는 집시 부대들이 차지하고 있었다. 이어서 거지 왕국의 온갖 도둑들이 서열별로 뒤따르고 있었는데 맨 앞이 좀도둑들 차지였고 그들 한복판에는 큰 개 두 마리가 끄는 작은 수레가 있었다. 거지왕국의 임금이 타고 있는 수레였다. 그 뒤로는 법원 서기들, 학생들이 저마다 그 행렬에 어울리는 복장을 하고 뒤따르고 있었다. 그리고 행렬 한복판에는 어마어마한 수의 촛불로 둘러싸인 들것을 장정들이 어깨에 메고 있었다. 그 들것 위에는 법의를 입고 머리에 관을 쓴 미치광이 교황, 즉 노트르담의 꼽추 카지모도가 교황의 금빛 홀(笏)을 짚고 앉아 있었다.

그 괴상망측한 행렬의 각 무리들은 각자 악대를 갖추고 있었다. 집시 무리들은 요란하게 부부젤라를 불어대고 있었으며 음악과는 거리가 먼 거지왕국 패거리들도 뿔피리를 삑삑거리고 있었다. 다만 한복판 들것에 실린 광인 교황 주변으로는 근사한 악대들이 있었다. 그들은 바로 그랭구아르 연극의 악단들이었으니, 오오 가엾어라, 그랭구아르여!

카지모도의 추하고도 괴이한 얼굴은 자랑스러움과 행복감에 빛나고 있었다. 그는 난생처음으로 자존심이 세워지는 것을 느꼈다. 언제나 경멸감과 혐오만을 받아오던 그가 박수갈채를 받고 있었던 것이다. 그의 백성을 자처하고 나선 자들이 불구자이든 도둑이든 거지든 미치광이든 아무 상관이 없었다. 어둡고 불행으로 가득 찬 그의 얼굴 주위에 모처럼 후광이 환하게 비치고 있는 것 같았다.

그때였다. 들뜨고 행복한 기분에 젖은 카지모도가 의기양양하게 광장을 지날 무렵 군중 속에서 한 사나이가 불쑥 뛰쳐나왔다. 그는 몹시 화가 난 모습으로 카지모도의 손에서 금빛 홀을 낚아챘다. 조금 전까지 사람들 틈에서 집시 여자에게 위협을 가하던 대머리였다. 그는 성직자 옷을 입고 있었다. 그랭구아르는 단번에 그를 알아보았다.

'아니, 스승님 아니신가! 클로드 프롤로 부주교님이잖아! 어쩌자고 저런 흉물에게? 한 방에 쓰러지시면 어쩌려고?'

사람들 사이에서도 신부를 걱정하는 비명소리가 높아졌다. 화가 난 카지모도는 그렇지 않아도 흉측한 얼굴을 소름 끼치도록 무시무시하게 일그러뜨린 채, 외마디 소리를 지르며 들것에서 뛰어내렸다. 여자들은 그가 부주교를 해치는 걸 차마 볼 수 없다는 듯 고개를 돌렸다. 그러나 카지모도는 무서운 기세로 신부에게 달려들다 말고 그의 얼굴을 보더니 그 자리에서 무릎을 꿇었다.

신부는 카지모도의 머리에서 관을 벗겨내고 지팡이를 부러뜨리더니 번쩍이는 법의를 찢어버렸다. 카지모도는 무릎을 꿇은 채 두 손을 모으고 고개를 숙이고 있을 뿐이었다.

두 사람은 손짓 발짓을 해가며 무언의 대화를 주고받기 시작했다. 말은 하지 않았지만 신부는 꼿꼿이 서서 그를 윽박지르며 명령하는 것 같았고 카지모도는 땅바닥에 납작 엎드려 애원하는 것 같았다. 마음만 먹으면 손가락 하나만으로도 상대방을 납작하게 만들어버릴 수 있는 괴력의 소유자가!

마침내 부주교가 카지모도의 어깨를 잡아 흔들며 따라오라고 손짓하자 카지모도가 일어섰다. 그러자 이번에는 광인 교황의 백성들의 분노가 폭발했다. 그들은 자기들의 교황을 지키기 위해 우르르 몰려들었다. 집시 패거리들도, 거지 왕국의 무리들도, 학생들도 모두 부주교를 둘러싸고 아우성을 쳤다.

그러자 카지모도가 신부를 보호하듯 앞으로 나서서 주먹을 흔들면서 사람들을 사납게 노려보았다. 신부는 침착하게 발걸음을 옮기기 시작했고 카지모도는 사람들을 헤쳐 길을 튼 후 군중들을 노려보며 뒷걸음으로 신부 뒤를 따랐다. 그들이 어둡고 좁은 거리로 사라질 때까지 어느 누구도 감히 뒤쫓아갈 엄두를 못 냈다.

그랭구아르가 중얼거렸다.

'별 희한한 구경을 다 하는군! 그나저나 이제 어디로 가야 저녁 끼니를 때울 수 있을까?.'

한밤의 납치극

그랭구아르는 아무 생각 없이 무작정 집시 여자의 뒤를 밟기 시작했다. 여자가 염소를 데리고 쿠텔르리 거리로 들어서는 것을 보고 그도 얼른 그 길로 접어들었다. 자신이 어디로 가는지 모르는 채 미녀의 뒤를 밟는 이런 엉뚱한 짓은 파리의 거리 철학자이자 시인인 그랭구아르가 공상에 빠지고 싶을 때 종종 하던 짓이었다.

그는 생각했다.

"어찌 되었건 저 아가씨는 어디든 잘 곳이 있겠지. 집시는 본래 인정이 많잖아. 혹시 누가 알아?"

그가 그녀의 뒤를 따르는 사이 밤이 깊어졌고 거리에는 인적이 뜸해졌다. 집시 여자를 뒤쫓던 그랭구아르는 실타래처럼 복잡하게 뒤얽힌 미로로 접어들었다. 한눈을 팔았다가는 길을 잃기 십상이었다. 하지만 집시 여자는 그 복잡한 길을 훤히 꿰고 있는 듯, 한 치의 망설임도 없이 속도를 내어 발걸음을 옮겼다. 어느 길모퉁이를 지나자 중앙시장 레알의 죄인 공시대 건물이 눈에 띄었다. 그제야 그랭구아르는 자신이 어디쯤 있는지 알 수 있었다.

바삐 걸음을 옮기던 집시 여자는 누군가 자신의 뒤를 밟고 있다는 것을 언제부턴가 알아차렸다. 그녀는 무서운 생각에 몇 번인가 뒤를 돌아다보았다. 불빛이 새어나오는 빵집 앞에 이르자 그녀는 걸음을 멈추고 미행자를 아래위로 유심히 살펴보았다. 그런 후 그녀는 입을 삐죽이 내밀어 보이더니 다시 걸음을 재촉했다.

그랭구아르는 고개를 숙인 채 조금 거리를 두고 따라갔다. 얼마를 더 걸었을까, 어느 길모퉁이에서 그녀의 모습이 사라지더니 갑자기 날카로운 비명소리가 들려왔다. 그랭구아르는 재빨리 달려갔다. 거리는 칠흑같이 어두웠다. 하지만 길가 성모상 아래 쇠창살 안에서 기름을 머금은 솜뭉치가 타고 있어서 눈앞의 광경을 볼 수 있었다.

어둠 속에서 집시 여자가 두 괴한에게 붙잡혀 발버둥치고 있었고 그들은 여자가 소리 지르지 못하도록 안간 힘을 쓰고 있었다. 겁을 집어먹은 염소는 음매음매 울고 있었다.

그랭구아르는 "순찰대! 순찰대 없소!"라고 소리치며 용감하게 앞으로 나섰다. 그러자 아가씨를 붙잡고 있던 괴한 중 하나가 홱 몸을 돌려 그를 보았다. 그 괴한은 다름 아닌 그 무시무시한 괴물 카지모도였다. 그랭구아르는 줄행랑을 놓지는 않았지만 그렇다고 한 걸음 앞으로 내딛지도 못했다.

카지모도는 성큼성큼 그랭구아르 앞으로 걸어오더니 주먹으로 그를 후려쳤다. 그랭구아르는 몇 발자국 떨어진 곳으로 나둥그러졌다. 그러자 괴물 같은 사내는 한 팔로 처녀를 휘감더니 어둠 속으로 사라졌다. 또 다른 괴한 하나도 뒤따라 부랴부랴 자취를 감추자 졸지에 주인을 잃은 가엾은 염소는 슬피 울며 그들의 뒤를 따랐다. 어둠 속에서 "사람 살려!"라는 여자의 비명소리가 안타깝게 울렸다.

그때였다. "거기 서, 이 나쁜 놈들! 어서 그 계집을 내려놓지 못해!"하는 우렁찬 고함소리와 함께 근처 네 거리에서 기병

한 명이 나타났다. 머리끝에서 발끝까지 무장을 한 왕실 친위
대 중대장이었다.

그는 엉거주춤 서 있는 카지모도의 팔에서 집시 여자를 홱
낚아채더니 말안장 위에 옆으로 눕혔다. 순간 정신을 차린 꼽
추가 중대장에게 달려들었다. 하지만 뒤따라 달려온 친위대원
10여 명이 장검을 들고 그를 막아섰다. 그들은 파리시장의 명
으로 순찰을 돌고 있던 중이었다. 당시 국왕이 근처 바스티유
에 와 있었기에 왕실 친위대원들이 순찰을 돈 것이었다.

결국 카지모도는 밧줄로 꽁꽁 묶이는 신세가 되었다. 옴짝
달싹할 수 없는 상황에서도 카지모도는 연신 으르렁거리며
무엇이든 물어뜯으려 했다. 카지모도와 함께 있던 괴한은 그
틈에 어디론가 달아나버렸다.

집시 여자는 순찰대장 말 위에서 얌전하게 몸을 일으켜 앉
았다. 그리고 두 팔을 순찰 대장의 어깨에 얹더니 고마움을 전
하려는 것인지 사내의 잘생긴 얼굴을 한동안 뚫어져라 바라
보았다. 그녀가 고운 목소리를 더 가다듬어 말했다.

"성함이 어떻게 되세요, 군인 나리?"

"페뷔스 드 샤토페르 대위라 하오, 아름다운 아가씨!" 순찰

대장은 자세를 가다듬으며 말했다.

"구해주셔서 정말 고맙습니다."

말을 마친 그녀는 내리꽂히는 화살처럼 땅으로 뛰어내리더니 눈 깜짝할 사이에 어둠 속으로 사라져버렸다. 번쩍하고 사라지는 번갯불도 그보다는 빠르지 못했을 것이다.

순찰대장이 카지모도를 묶은 끈을 바짝 죄며 툴툴거렸다.

"젠장! 이런 놈을 잡느니 차라리 저 계집을 잡는 게 나았을 텐데."

그러자 옆에 있던 순찰대원이 맞장구를 쳤다.

"누가 아니랍니까, 대장님. 꾀꼬리는 날아가고 박쥐만 남았네요."

한편 카지모도에게 얻어맞은 그랭구아르는 정신을 잃은 채 나둥그러져 있었다. 차가운 기운에 조금씩 정신이 들었지만 그는 여전히 몽롱한 상태에 있었다. 그러다가 차가운 느낌에 번쩍 정신이 들었다. 그는 시궁창에 누워 있었던 것이다.

"망할 놈의 애꾸눈 카지모도! 꼽추 카지모도!" 그는 투덜거리며 일어서려 했으나 어지러운데다 상처가 심해 일어날 수가 없었다. '파리의 시궁창 냄새는 정말 지독하군'이라고 툴툴거리면서 그는 두 괴한 사이에서 집시 여자가 몸부림치던 납치 장면을 떠올렸다. 그런데 갑자기 프롤로 부주교의 얼굴이 떠올랐다. '아니, 카지모도와 함께 있던 괴한과 카지모도를 꼼짝 못하게 했던 부주교 얼굴이 왜 겹쳐 떠오르는 거지?'

하지만 그 질문에 오래 잠겨 있을 겨를이 없었다. 시궁창에서 그대로 얼어 죽을 것 같았기 때문이다.

그랭구아르, 집시 여자와 결혼하다

　　　　　몸은 얼어오는데다 꼼짝도 하지 못하고 있는 가엾은 그랭구아르! 하지만 재난은 거기서 그치지 않았다. 엎친 데 덮친 격으로 또 다른 골치 아픈 상황이 닥쳐오고 있었던 것이다.

　파리에는 예로부터 '부랑아'라는 불멸의 이름이 붙여진 무리들이 있었다. 파리 거리를 하릴 없이 어슬렁거리는 제멋대로 자란 아이들이 바로 그들이었다. 우리가 어렸을 적, 단지 옷을 말끔하게 차려입었다는 이유만으로 우리에게 돌팔매질을 하던 그런 아이들.

　바로 그런 부랑아들이 그랭구아르가 널브러져 있는 네 거리 쪽으로 왁자지껄 다가오고 있었다. 그들은 사람들이 잠들어 있는 건 안중에도 없는 듯, 큰 소리로 웃고 떠들고 있었다. 죽은 사람이라도 벌떡 일어날 정도로 요란했다.

그런데 그중 한 명이, 누워 있는 그랭구아르 머리 바로 위로 짚방석을 던지며 말했다.

"어이, 저기 길모퉁이 철물장수 외스타슈 무봉 영감이 죽었잖아. 내가 그 영감 짚방석을 슬쩍했어. 여기 불을 붙여서 불을 좀 쬐자고."

그러자 한 녀석이 짚을 한 움큼 움켜쥐고 성모상 등불 심지에 갖다 댔다. 그랭구와르는 질겁했다.

"이런 제기랄! 이러다 불에 타죽겠군!"

그야말로 절체절명의 위기였다. 물과 불 사이에 끼어 오도 가도 못하는 신세가 되다니! 시궁창에서 얼어 죽으나 불에 타서 죽으나 이래저래 영락없이 죽을 처지가 되고 보니 없던 힘이 솟아날 지경이었다. 문자 그대로 죽을힘을 다해 몸을 일으킨 그랭구아르는 짚방석을 어린 부랑아들에게 집어 던지고 무조건 달리기 시작했다. 어린 부랑아들도 깜짝 놀라, "어이쿠, 이게 뭐야!"라고 소리 지르며 어디론가 달아나버렸다.

재미있는 후일담 하나. 임자 없이 덩그러니 남은 짚방석을 이튿날 그 지역 성직자들이 발견해서 성당 보물 창고로 가져갔다고 한다. 그곳 성당지기는 그 짚방석을 거리에서 발견한 성모상의 기적이라고 둘러대고는 짭짤한 수입을 올렸다고 한다. 그는 외스타슈 무봉이라는 자가 악마를 희롱하기 위해 자신의 혼을 그 짚방석 안에 숨겨두었는데 그날 밤, 그러니까 1482년 1월 6일에서 7일 사이에, 성모상의 도움으로 그 혼이 마귀를 쫓아냈다는 것이다.

시궁창에서 벗어난 그랭구아르는 한참을 무작정 뛰었다. 수많은 길모퉁이 담벼락에 머리를 찧고 진흙탕과 시궁창을 수없이 건너뛰며, 중앙시장의 미로들 속에서 도망칠 구멍만 찾았다. 그러다 그는 드디어 멈춰 섰다. 무엇보다 숨이 찼기 때문이다.

그는 문득 생각했다.

'아니, 이렇게 무작정 도망갈 필요가 없잖아. 녀석들도 나만큼 혼비백산해서 도망갔을 거야. 그 짚방석이야말로 하늘이 내게 내려주신 기적의 잠자리가 아닌가? 그런데 이렇게 도망만 가고 있다니 정말 멍청이 같은 짓 아닌가?'

그는 오던 길을 되짚어 가기 시작했다. 먹이를 찾는 사냥개처럼 이 골목 저 골목 뒤지며 하늘이 내려주신 기적의 짚방석을 찾으려 애썼다. 그러나 아무리 헤매도 아까 그곳으로 갈 수가 없었다. 비슷하다 싶어 가보면 막다른 골목이거나 낯선 네거리만 나왔다.

울화가 치밀어 "이런 망할 놈의 거리 같으니!"라며 욕을 해대는데, 멀리 골목 끝에 불그스름한 불빛이 어른거리는 것 같아 기운이 솟기 시작했다.

"아이고, 살았다. 내 짚방석이 타고 있는 거야. 저기서 불이라도 쪼여야지."

그는 골목을 향해 걸어 들어갔다. 그런데 진흙투성이 골목에 무언가 형체 모를 것들이 불빛을 향해 기어가고 있는 모습이 눈에 띄었다. 앞뒤 가릴 것 없는 처지였던 그랭구아르는 얼른 그 움직이는 형체들을 따라잡았다. 가까이 가서 보니 그중 가장 느린 것은 두 손을 발삼아 앞으로 가고 있는 앉은뱅이였다. 그 옆을 지나가자 이탈리아어로 "나리, 한 푼 줍쇼! 부디 적선합쇼!"라는 처량한 목소리가 들렸다.

그랭구아르는 "너 같은 놈은 개한테나 먹혀버려라. 뭐라고 씨부렁거리는지 모르겠다"라고 대꾸하고는 얼른 지나쳐버렸다. 다른 형체들은 절름발이에 손이 없는 불구자와 장님이었다. 그들은 각각 스페인어와 헝가리어로 그랭구아르에게 구걸했다. 그랭구아르가 욕이나 실컷 해주자 그들은 일제히 그랭구아르에게 "한 푼 줍쇼!"라고 노래하듯 외쳐대기 시작했다.

그랭구아르는 귀를 막고 달리기 시작했다. 그러자 장님도, 절름발이도, 앉은뱅이도 죽을힘을 다해 그 뒤를 쫓았다. 그가 깊은 골목으로 들어갈수록 더 많은 앉은뱅이와 장님과 절름발이들이 우글거렸다.

그랭구아르는 골목 안으로 더 들어갈 수도 없고 그렇다고 뒤로 돌아갈 수도 없어 그 자리에 그냥 서버렸다. 그러자 절름발이는 목발을 내던지고 앉은뱅이는 자리를 털고 일어났으며 장님도 눈을 반짝이며 그랭구아르를 노려보았다.

겁에 질린 시인이 물었다.

"여기가 대체 어디요?"

어느새 그들 곁까지 온 그들 중 한 명이 대답했다.

"기적의 궁전이지."

그는 파리의 도둑과 걸인들의 소굴로 들어온 것이다.

"기적의 궁전이라. 정말 맞는 말이네. 장님도 눈을 뜨고 절름발이도 두 다리로 뛰는 걸 내가 똑똑히 봤으니. 그렇다면 구세주는 어디 계신 거요?"

그랭구르아가 그렇게 말하자 그들은 알 듯 모를 듯 괴이한 웃음만 터뜨렸다.

가엾은 시인은 가만히 주변을 둘러보았다. 그곳은 정말 무시무시한 곳이었다. 그는 경찰들이나 헌병들도 근처까지 왔다가는 혼비백산해서 돌아가버리는 '기적의 궁전'에 들어와 있었던 것이다.

그 순간 그를 둘러싸고 있던 무리들 중에서 한 명이 귀청이 떨어질 정도로 크게 고함을 질렀다.

"이놈을 임금님께 끌고 가자! 임금님께 끌고 가자고!"

그랭구아르는 가쁜 숨을 몰아쉬며 중얼거렸다.

'오, 성모 마리아님! 이곳 임금이라면 틀림없이 악마일 텐데……!'

모두들 "임금님께 끌고 가자!"고 외쳤고 그는 달려든 사람들 손에 이끌려 어디론가 끌려가고 있었다.

드디어 그랭구아르는 누더기를 걸친 호송대에 의해 목적지까지 끌려왔다. 그사이 현기증은 사라지고 현실감이 돌아왔다. 그는 자신이 저승으로 가는 길을 걷는 것이 아니라 진창 속을 걸어가고 있으며, 악마들이 아니라 도둑놈들과 팔꿈치를 맞대고 있다는 것을, 자신의 영혼이 아니라 목숨이 문제가 되고 있다는 것을 똑똑히 깨달았다.

그가 도달한 곳은 '기적의 궁전'이라는 이름처럼 시적 감흥을 불러일으킬 만한 곳은 아니었다. 그곳은 그냥 더없이 허름한 선술집이었다. 둥글넓적한 돌바닥 위에서 화톳불이 뜨겁게 타오르고 있었고 그 위에는 석쇠가 걸쳐 있었으며 그 주변으로 낡은 탁자가 아무렇게나 놓여 있었다. 술집 안 여기저기에서는 난잡한 노랫소리와 요란한 웃음소리가 터져 나오고 있었다.

화톳불 옆에 커다란 술통이 하나 놓여 있었고 그 위에 거지 하나가 올라 앉아 있었는데, 그야말로 옥좌에 앉은 임금님, 바로 그것이었다.

그랭구아르를 잡아온 거지 셋은 그를 술통 앞으로 끌고 갔다. 그 순간 아수라장 같던 술집 안이 물을 끼얹은 듯 조용해졌다. 그랭구아르는 숨도 제대로 쉴 수 없었으며 고개를 들어

주변을 살펴볼 엄두도 내지 못했다.

술통 위에 앉은 임금이 말했다.

"이 악당 놈은 도대체 뭐냐?"

그 목소리에 그랭구아르는 몸서리를 쳤다. 누구 목소리인지 분명히 알 수 있었기 때문이다. 오늘 연극 도중 등장해서 "한 푼 줍쇼!"를 외쳐대는 통에 연극을 망쳤던 장본인이었다. 그제야 그랭구아르는 고개를 들어 임금님의 얼굴을 확인했다. 틀림없는 클로팽 트루유푸였다.

어쨌든 그랭구아르는 그 임금님이 자신의 공연장에 왔던 거지임을 알고 일말의 희망을 가졌다. 그는 기대감에 차서 입을 열었다.

"저어……. 나리……. 각하……. 아니, 폐하……. 어떻게 불러드려야 좋을지……."

"네 맘대로 불러도 좋아. 대신 빨리 말해. 자, 자신을 변호할 말이 있나?"

"저는 오늘 아침에……."

"아, 듣기 싫어! 네 이름이나 대란 말이다! 네가 지금 어떤 분들 앞에 있는지 알고나 있는 거냐? 위대하신 세 분이 너를 심판할 것이다. 우선 도둑왕국의 임금이신 바로 나 튀니스 왕 클로팽 트루유푸, 다음은 대갈통에 걸레를 걸친 저기 저 노란 얼굴의 노인, 이름 하여 이집트와 보헤미아 공작인 마티아스 앙가디 스피칼리, 그리고 남이야 뭐라 지껄이건 계집이나 실 컷 주무르고 있는 저 뚱보, 갈리아의 황제 기욤 루소 폐하, 이 세 분이 네 앞에 계신 거다. 너는 거지도 아닌 주제에 무엄하 게도 우리 왕국을 침범했다. 도둑, 문둥이, 부랑자, 이 셋 중 어 디에도 해당되지 않으면 너는 무거운 벌을 받게 될 것이다. 그 러니, 어서 네놈 정체를 밝히란 말이다."

"아이고, 저는 그런 명예를 지니지 못하고 있습니다. 저는 그냥 일개 작가인 걸요."

그랭구아르의 말에 임금은 무 자르듯 단호하게 말했다.

"그래? 잘 알았어. 신사란 말이지? 한 마디로 교수형감이 로군. 그게 우리 법이야. 너희가 부랑자를 다루듯이 우리는 신 사를 다루지. 자, 네놈 영혼을 하느님께 바치기 전에 4분의 여 유를 주마."

그랭구아르는 용기를 내서 말했다. 어쨌든 그는 시인 아닌 가! 말문이 막히면 어찌 체면이 서겠는가!

"황제 폐하 및 국왕 폐하 여러분, 뭔가 오해가 있는 것 같습니다. 저는 피에르 그랭구아르라고 하는 시인입니다. 오늘 아침 대강당에서 있었던 연극 대본을 쓴 사람이 바로 접니다."

그러자 클로팽의 야멸찬 대꾸가 당장에 터져 나왔다.

"오호라, 그게 너였어? 아침에 그토록 지루한 연극을 보게 만들어놓고, 밤에 교수형 당하는 게 싫다? 욕심이 지나치군."

그랭구아르는 마지막 안간힘을 썼다.

"황제 폐하, 저 같은 시인이 거지 왕국의 시민이 될 자격이 왜 없습니까? 이솝도 방랑자였고 호메로스도 거지였으며 헤르메스 신도 도둑이었단 말입니다."

그러자 클로팽 투루유푸가 이집트 공작과 술에 찌든 갈리아 황제와 잠시 무슨 의논 비슷한 것을 했다. 그런 후 그가 그랭구아르에게 말했다.

"이봐, 그렇다면 딱 한 가지 방법이 있다. 네가 우리와 한편이 되면 된다. 어때 우리 소매치기 일당이 되겠냐?"

"소매치기요? 물론입지요."

"거지, 부랑자가 정말 되고 싶은 거냐?"

"여부가 있습니까요."

"좋아, 그렇다면 네가 우리에게 꼭 필요한 존재라는 걸 증명해라. 예컨대 허수아비를 상대로 소매치기 시범을 보인다든지."

"얼마든지 하겠습니다." 그랭구아르는 힘주어 대답했다.

클로팽이 신호를 하자 도둑놈 몇이 어디론가 사라졌다가 다시 돌아왔다. 그들은 기둥 두 개를 가져왔는데 아래쪽에는 주걱 모양의 뼈대가 달려 있어 제대로 세울 수 있게 되어 있었다. 그들은 기둥과 기둥 사이에 들보 하나를 가로지르더니 밧줄까지 매달아놓았다. 어느새 번듯한 간이 교수대가 만들어진 것이다.

그러더니 거지들이 허수아비를 하나 가져다 밧줄에 목을 걸었다. 온몸에 종과 방울들이 달려 있었다. 밧줄이 흔들릴 때마다 방울 소리가 났다. 교수대 아래로는 다리가 셋뿐인 의자가 놓여 있었다.

임금이 그랭구아르에게 명령했다.

"저 위로 올라가."

그랭구아르는 올라갈 수밖에 없었다. 몸이 휘청거렸지만 간신히 균형을 잡는 데 성공했다.

"이제 네놈 오른발을 왼쪽 다리에 감고 왼쪽 발끝으로 서라."

"폐하, 제 팔다리를 부러뜨릴 속셈이십니까?"

"말이 많다. 내가 시킨 대로 발끝으로 서면 허수아비 호주 머니에 손이 닿게 될 거다. 그러면 거길 뒤져서 지갑을 꺼내는 거야. 단, 방울소리가 나면 안 돼. 알겠어? 간단하지? 그거만 하면 합격이야. 우리와 함께 살 수 있게 된다고."

"맙소사! 방울 소리를 안 내고 어떻게 꺼냅니까? 만일 방울 소리가 나면 어떻게 됩니까?"

"물론 교수형이지."

임금이 앉아 있던 술통을 냅다 발로 차자 거지 떼거리가 박 수를 보내며 교수대 주위를 에워쌌다. 모두 재미있어 죽겠다 는 표정으로 잔인하게 웃어댔다.

아무래도 벗어날 방법이 없다는 것을 깨달은 그랭구아르는 최선을 다하기로 결심했다. 그는 발판 위로 올라갔다. 그런 다 음 두 발을 꼬고 왼쪽 발끝으로 섰다. 간신히 허수아비에 손이 닿았다. 순간 의자가 흔들렸다. 그랭구아르는 의자에서 떨어 지면서 허수아비를 손으로 잡고 말았다. 하나가 아니라 수십 개의 방울 소리가 요란하게 울렸다. 땅바닥에 얼굴을 파묻고 있는 그의 귀에 거지왕의 목소리가 아련히 들려왔다.

"목을 매달아라."

거지 왕국 백성들은 신이 나서 그를 냉큼 의자에 앉혔고 클로팽이 다가와 손수 목에 밧줄을 걸어주었다.

그랭구아르는 살려달라는 말도 입에서 나오지 않았다. 이제 정말 아무 희망도 없었다.

클로팽의 신호로 교수형이 집행되려던 순간이었다. 갑자기 클로팽이 신호를 보내려던 손을 내리고 말했다.

"잠깐, 잠깐! 깜빡 잊을 뻔했군. 우리는 관례상 사내를 처형하기 전에 그를 원하는 여자가 있는지 물어보게 되어 있다. 이게 너의 마지막 기회인 셈이다. 너를 좋다고 하는 여자가 있으면 그녀와 같이 살게 될 것이고, 없으면 예정대로 죽게 된다."

그러더니 그는 술집 안을 휘둘러보며 말했다.

"여봐라! 계집들, 암컷들, 마녀든 고양이든 상관없으니 너희 중에 이놈을 갖고 싶은 년이 있으면 앞으로 나와라. 공짜다."

여자들은 별 흥미를 갖는 것 같지 않았다. "아이고, 저놈이랑 사는 것보다는 교수형 구경하는 게 훨씬 낫지"라고 말하는 여자도 있었다.

그 와중에도 여자 셋이 사람을 헤치고 나오더니 그랭구아르를 살살이 살펴보기 시작했다. 첫 번째 여자는 각진 얼굴에 뚱보였다. 그녀는 그랭구아르의 옷을 이리저리 헤집더니 "우리보다 더 거지네"라고 말하고는 가버렸다. 두 번째 여자는 늙어빠진데다 못생긴 노파였다. 기적의 궁전에서조차 눈에 거슬릴 정도로 흉했다. 그랭구아르는 그녀가 자기를 갖겠다고 할까봐 벌벌 떨었다. 다행히 그녀는 "너무 말라깽이네"라고 투덜거리며 가버렸다. 세 번째는 별로 밉지 않은 아가씨였다. 그랭구아르는 속으로 "오, 하느님!"을 수없이 외쳤다. 하지만 그녀도 결국 가버렸다. 자기 애인에게 얻어맞을까봐 겁이 나서였다.

클로팽이 기다렸다는 듯 소리쳤다.

"참, 지지리도 복 없는 친구로군."

그는 사형집행을 명하기 위해 손을 들었다.

그 순간, 거지들 사이에서 외침이 터져 나왔다.

"에스메랄다다! 에스메랄다야!"

"에스메랄다?" 그는 두방망이질하는 가슴을 간신히 억누르며 소리가 나는 쪽을 바라보았다. 사람들이 길을 터주는 가운데 눈이 부시게 환한 자태의 여자가 걸어오고 있었다.

바로 그녀였다. 춤추고 노래하는 집시 여인!

그녀는 사뿐사뿐 그랭구아르 쪽으로 걸어왔다. 옆에는 귀여운 염소 잘리도 있었다. 그녀는 비통에 잠겨 있는 그의 얼굴을 한 번 보더니 클로팽에게 물었다.

"이 남자의 목을 매달려고 하는 건가요?"

"그래, 네가 남편으로 삼겠다고 한다면 모를까." 임금이 대답했다.

"그럼 제가 가질게요."

그 말을 듣는 순간, 그랭구아르는 오늘 아침부터 지금 이 순간까지 자신이 줄곧 꿈을 꾸고 있었던 것이라고 생각했다.

마침내 그의 목에서 밧줄이 풀렸다. 그는 바닥에 그대로 쓰러졌다. 심한 충격과 벅찬 감격에 현기증이 나서 몸을 가눌 수가 없었던 것이다.

이집트 공작은 말없이 점토 항아리를 가져왔다. 집시 여자는 그것을 그랭구아르에게 건넸다.

"이걸 바닥에 던져 깨뜨리세요."

항아리는 네 조각으로 깨졌다. 그러자 이집트 공작이 그들 각각의 이마에 한 손씩 얹으며 선언했다.

"형제여, 앞으로 4년 동안 이 여자는 그대의 아내요. 그리고 누이여, 이 남자는 그대의 남편이니라!"

잠시 후, 우리의 시인 그랭구아르와 에스메랄다는 반원형 천장으로 된 자그마한 방으로 들어갔다. 아가씨와 마주 앉은 그랭구아르는 자신이 동화 속 주인공이 된 것 같았다. 하지만 집시 여자는 그에게 전혀 관심이 없어 보였다. 슬그머니 의자에서 일어나더니 방 안을 왔다갔다 하면서 염소와만 이야기를 나누는 것이었다.

그랭구아르는 멍한 눈으로 여자를 바라보았다. 그는 역시 철학자이자 시인이었다. 그는 생각했다.

"정말로 천사 같은 여인! 그러나 보잘것없는 거리의 댄서! 오늘 아침 내 연극을 망친 여자! 오늘 밤 나를 살려준 여자! 마녀이자 천사라니! 어쨌든 분명 아름다운 여인이다. 나를 남편으로 정한 걸 보면 내게 홀딱 반한 모양이다. 어쨌든 나는 이 여자의 남편 아닌가?"

그는 그녀 곁으로 당당하게 다가갔다. 예상치 못한 듯 여자는 주춤주춤 뒷걸음질 쳤다.

"나의 사랑스런 에스메랄다!"

그랭구아르는 그녀의 허리에 팔을 감으려 했다.

그러자 그녀는 뱀장어 껍질이라도 걸치고 있는 듯 그에게서 쏙 빠져나갔다. 그러더니 방 한구석으로 달려가 몸을 숙이더니 작은 칼 하나를 집어 들고 일어섰다. 몹시 화가 났는지 두 볼이 붉게 상기되어 있었고 눈에는 불꽃이 일고 있었다.

그녀가 씩씩거리며 말했다.

"뻔뻔스럽게 왜 이래요?"

그랭구아르는 바로 사과했다.

"미안합니다, 아가씨. 그런데 대체 왜 나를 남편으로 삼은 겁니까?"

"그냥 죽게 내버려둘 걸 그랬나보죠?"

"알았어요, 알았어. 절대로 당신 곁으로 가지 않겠소. 대신 먹을 거나 좀 주시오."

집시 여자는 그를 보고 웃더니 검은 빵과 베이컨 한 조각, 시든 사과 몇 알과 맥주 한 병을 식탁 위에 올려놓았다. 그는 게걸스레 음식에 달려들어 먹기 시작했다.

사실 그가 오늘 밤 간절히 원했던 것은 저녁 식사와 잠자리가 아니었던가? 그는 원하던 것을 모두 손에 넣은 셈이었다.

그에게서 이제 욕정 따위는 사라졌다.

배불리 먹고 난 그가 그녀에게 말했다.

"나를 남편으로 삼을 생각이 전혀 없다니……. 그렇다면 애인은 어떻소?"

그녀는 입을 삐죽이며 대답했다.

"싫은데요."

"그럼 친구는?"

"그건 괜찮겠네요."

그는 힘이 솟아 다시 물었다.

"당신은 우정이 뭔지 아시오?"

"그건 오누이가 되는 거지요. 두 영혼이 섞이는 게 아니라 서로 마주 보는 거지요."

"그렇다면 사랑은 뭐지요?"

갑자기 그녀의 눈이 반짝였다. 그녀는 떨리는 목소리로 말했다.

"아, 사랑! 그건 둘이서 하나가 되는 거예요. 남자와 여자가 합쳐서 천사가 되는 거예요. 아, 천국을 만드는 거예요!"

한낱 거리의 여자의 입에서 이런 아름다운 말들이 거침없이 흘러나오자 그랭구아르는 깊은 감동을 받았다. 그녀의 얼굴에는 말로 표현하기 힘든 부드러움이 감돌고 있었다. 감히 말한다면 처녀성과 모성과 신성(神性)이 교차하는 듯한 신비로운 부드러움!

그랭구아르는 넋이 빠져 그녀를 바라보며 말했다.

"당신 마음에 들려면 어떻게 해야 하나요?"

"사나이가 되어야지요. 머리에는 투구, 손에는 칼, 발뒤꿈치에는 황금 박차를 단 사나이!"

그녀는 꿈꾸는 듯한 표정을 지었다. 그랭구아르는 그녀가 사랑하는 남자가 있다는 것을 알아차리고 더 이상 그 이야기는 하지 않았다.

"아 참, 그 카지모도에게서는 어떻게 벗어난 거지요?"

그 이름을 듣자 그녀는 생각만 해도 소름이 돋는 듯 바들바들 떨기 시작했다.

"아, 정말 끔찍한 꼽추였어요."

"그래요, 정말 무서운 놈이었지요. 그런데 어떻게 그놈 손에서 벗어났소?"

에스메랄다는 미소를 지을 뿐 이내 한숨을 내쉬더니 침묵을 지켰다.

그녀가 말이 없자 시인은 오늘 아침부터 궁금하던 것을 물어보았다.

"그런데 사람들이 왜 당신을 에스메랄다라고 부르지요?"

"잘 모르겠어요." 그녀는 말과 함께 목에 걸고 있던 작은 주머니를 품에서 꺼냈다. 초록색 비단으로 만들어진 주머니였으며 한가운데 에메랄드 비슷한 초록색 유리구슬 하나가 달려 있었다.

"아마 이걸 내가 몸에 지니고 다니기 때문인가봐요."

"누가 준 건가요?"

그녀는 손가락에 입술을 대더니 주머니를 다시 품 안에 감추었다.

"부모님은 계신가요?"

그녀는 고개를 가로저을 뿐이었다. 그리고 그에게 말했다.

"난 아직 당신 이름도 모르고 있네요."

그러자 그랭구아르는 자신의 내력을 이야기해주었다.

"난 피에르 그랭구아르입니다. 어려서 부모님이 돌아가셔서 고아로 자랐지요. 열여섯 살부터 돈을 벌기 위해 안 해본 일이 없습니다. 군인이 되기도 했지만 그다지 용감하지 못해 그만두었고 수도사 노릇도 했지만 신앙심이 깊지 못해 포기 했고요. 그러다 다행히 노트르담의 클로드 프롤로 부주교를 만난 거지요. 그분이 나를 가르쳐주셨어요. 나의 스승이지요. 난 학자이자 시인이 되었답니다. 오늘 대강당에서 막을 올린 연극 대본도 내가 쓴 겁니다."

그러나 그녀는 그의 말을 듣는 둥 마는 둥 아래만 내려다보고 있었다. 그러더니 나지막하게 혼잣말을 했다.

"페뷔스!"

한참 뒤에 그녀가 그랭구아르에게 물었다.

"페뷔스가 무슨 뜻이에요?"

"태양이라는 뜻이지요. 라틴어예요."

"어머, 태양!"

"아주 잘생긴 사수(射手) 모습을 한 신의 이름이지요."

"신이라고요!"

제 3 부

카지모도와 프롤로 부주교

우리의 이야기는 16년 전쯤으로 거슬러 올라간다. 그해 부활절이 지난 첫 번째 주일, 아침 미사가 끝났을 때다. 노트르담 성당 앞뜰 왼쪽 벽에 붙박아놓은 작은 나무 침대 위에 어린 생명체가 하나 놓여 있었다. 가엾게 버려진 아이들을 받아들이는 곳으로, 누구든 아이를 원하는 사람들은 데려갈 수 있었다.

1467년 아침, 이 판자 위에 놓여 있던 생명체는 많은 사람들의 관심을 끌기에 충분했다. 미사를 마치고 나오던 수많은 사람들이 그 주위로 하나둘 모여들었다. 대부분 나이 많은 여자들이었다.

많은 사람들이 지켜보는 가운데, 판자 위의 작은 생명체는 겁에 질린 듯 판자 위에서 몸을 뒤틀며 울음을 터뜨렸다. 그 생명체를 뚫어지게 바라보던 한 나이 많은 여신도가 말했다.

"도대체 이게 뭐지요?"

그러자 옆에 있던 여자가 맞받았다.

"세상에 아이를 이런 식으로 만들어 세상에 내놓다니! 도대체 앞으로 세상이 어떻게 되려고 하는 걸까?"

이어서 그들 사이에 이런 이야기가 오갔다.

"그런데 아기가 아닌 것 같아요."

"생기다 만 원숭이 모양이네요."

"정말 흉측한 괴물이네요."

그중에는 "어휴, 여기에는 아기만 갖다 버리는 줄 알았는데……"라며 고개를 돌리는 귀부인도 있었다.

"이건 지옥에서 온 게 틀림없어. 봐, 눈이 하나밖에 없어. 한쪽 눈이 사마귀에 덮여서 아예 보이지도 않잖아."

"저건 사마귀가 아니라 알이야. 저 알에 이 괴물과 똑같이 생긴 악마가 들어 있다고!"

"악마는 장작더미 위에 올려야 해."

그들 뒤에서는 젊은 신부 한 명이 사람들의 말에 조용히 귀를 기울이고 있었다. 엄격한 생김새에 이마가 넓었고 눈빛은 신중했다.

"제가 이 아이를 키우겠습니다"라고 그 젊은 신부가 말하더니 눈 깜짝할 사이에 그 아이를 안고 돌아섰다.

모든 사람들이 놀란 눈으로 멍하니 신부의 뒷모습을 바라볼 수밖에 없었다. 젊은 신부는 수도원으로 통하는 빨간 문 안으로 사라졌다.

그러자 한 여인이 고개를 살짝 기울이며 옆에 있는 여인에게 속삭였다.

"내가 뭐라 그랬어요? 클로드 프롤로라는 저 젊은 신부는 마법사가 틀림없다니까!"

그 여자가 그렇게 말하는 것도 사실 무리는 아니었다. 프롤로 신부는 평범한 사람이 아니었다. 그는 중류층 집안 출신이었다. 그의 부모들은 그가 어렸을 때부터 그를 성직자로 키우려 했다. 그는 차분하고 성실한 소년이었다. 그는 열심히 공부했고 기억력도 좋았다. 그는 다른 소년들과 어울려 다니지도 않았다. 대학생이 된 이후에도 그에게는 오로지 공부뿐이었다. 그는 신학뿐 아니라 의학을 공부했고 학예 연구도 했다. 그는 여러 학문 분야에서 석사·박사학위를 취득했으며 라틴어와 그리스어, 히브리어에도 능통했다. 그는 세상의 모든 학문에 통달하겠다는 열병을 앓고 있는 것 같았다. 마침내 열여덟의 나이에 신학, 법학, 의학, 예술이 모두 그의 머릿속에 정립되었다. 젊은 클로드 프롤로는 오직 공부하는 것만이 인생의 목표인 사람 같았다. 그런데 갑자기 닥친 불행이 그의 삶을 뒤바꾸어놓았다.

1466년 끔찍한 무더위로 무서운 흑사병이 유럽 전역을 휩쓸었으며 파리에서만 4만 명 이상의 목숨을 앗아갔다. 클로드의 부모가 사는 곳도 페스트의 피해가 큰 지역이었다. 그는 놀라서 부모의 집으로 달려갔다. 하지만 부모는 이미 세상을 떠난 뒤였고 배내옷을 입은 어린 동생만이 요람 속에서 울고 있었다. 이제 클로드의 피붙이라고는 어린 동생뿐이었다. 그는 어린 동생을 안고 생각에 잠긴 채 밖으로 나왔다. 이제까지는 오직 학문의 세계에서만 살고 있었으나 그 순간부터 진정한 의미의 인생에 발을 들여놓게 된 것이었다.

19세에 고아이면서 가장이 된 클로드는 동생에 대한 사랑과 헌신을 다짐했다. 책 이외에는 사랑해본 적이 없는 그로서는 살아 있는 인간에 대한 애정이 새롭게 싹튼 것이 즐겁기도 했다. 그는 전혀 다른 사람이 되었다. 인간에게는 책 속의 지식뿐 아니라 애정이 필요하다는 것, 인생에 온정이 없다면 시끄러운 기계장치에 불과하다는 것을 그는 깨달았다.

그는 어린 동생을 위해 모든 것을 다 바쳤다. 그에게 동생은 부서지기 쉬운 너무나 소중한 존재였다. 그는 어린 동생에게 형으로서의 역할만 한 것이 아니라 아버지, 어머니 역할을 동시에 했다. 그가 성직자의 길을 열심히 가게 된 것도 동생을 위해서였다. 동생의 미래를 위해 결혼도 하지 않고 자식도 낳지 않기로 결심한 것이다.

그는 재능이 있었고 학식도 출중했다. 게다가 그는 파리주교가 아끼는 제자였다. 당연히 그의 앞에는 출세의 문이 활짝 열려 있었다. 그는 20세 때 교황청의 특별임명을 받아 신부가 되었고 노트르담 성당의 가장 젊은 신부가 되었다.

그는 노트르담 성당의 신부가 된 후에도 책에서 눈을 떼지 않았다. 그가 책에서 눈을 뗄 때는 동생을 맡겨놓은 방앗간에 가서 동생을 보고 올 때뿐이었다. 그는 학식과 인격으로 동료들의 존경과 찬탄을 한 몸에 받았다. 그의 드높은 명성이 일반인에게도 알려지면서 이런저런 왜곡과 과장이 일어나 사람들 사이에서는 마법사라고 알려지기도 했다.

그날 그는 버려진 아이를 보고 지난날의 동생 생각을 했다. '동생도 버려졌다면 저렇게 되었겠지'라는 생각에 그는 그 어린 생명체를 외면할 수 없었다.

아이를 데리고 와서 자세히 보니 생각했던 것 이상의 기형이었다. 한쪽 눈에 사마귀가 달렸을 뿐 아니라 머리는 아예 두 어깨 사이에 파묻힌 듯 들어가 있었다. 게다가 등은 활처럼 휘었고 가슴뼈는 툭 불거져 나온데다 두 다리는 낫처럼 휘어 있었다. 클로드는 그 아이가 더욱 불쌍해졌다. 그는 생각했다. '내가 이 아이에게 선행을 베풀면 동생이 살면서 혹 무슨 잘못을 저지르더라도 그 죄를 감면받을 수 있겠지.' 그는 동생이 훗날 천국에 들어갈 때 지불해야 할 통행세를 마련하겠다고 생각했던 것이다. 그만큼 그는 동생을 사랑했다.

클로드는 주워온 아이에게 영세를 받게 하고 카지모도라는 이름을 붙여주었다. 부활절 후 첫 주일이 바로 '카지모도'였고

제3부

93

그때 그가 발견되었기에 그날을 그의 이름으로 한 것이었다. 또한 '카지모도'에는 '거의 생기다 만'이라는 뜻도 들어 있으니 그의 이름으로는 안성맞춤이었다. 카지모도는 '거의' 인간이 되려다 만 생물의 모습이었다. 그때 카지모도는 네 살이었다.

16년이 지난 지금, 클로드 프롤로는 부주교가 되어 있었고 카지모도는 스무 살이 되었다. 그는 부주교 덕분에 노트르담 성당의 종지기 노릇을 하고 있었다. 시간이 흐를수록 카지모도와 노트르담 성당 사이에는 뭐라 말하기 어려운 유대감이 형성되었다. 근본을 알 수 없는데다 선천적 기형이라는 숙명을 타고난 카지모도는 세상과 등을 지고 살 수밖에 없었다. 그런 그에게 노트르담 성당은 보호막이었고 둥지였으며 집이자 조국이었고 온 세상이었다. 성당 건물과 카지모도 사이에는 그가 이 세상에 태어나기 전부터 이미 신비스런 조화가 이루어져 있던 것만 같았다. 카지모도는 대성당의 기운을 받아 성장하는 동안 차츰 성당과 닮아가고 있었다. 그에게 성당은 그의 울퉁불퉁 불거진 몸이 적절하게 틀어박힐 수 있는 달팽이 껍질 같은 것이 되었다. 성당은 마치 겉껍질처럼 그의 몸의 일부가 된 것이었다. 노트르담 성당은 그의 것이었으며 가장 깊은 곳이나 가장 높은 곳, 그 어느 곳도 그의 발길이 닿지 않는 곳이 없었다.

그런데 선천적 기형이었던 그에게 또 다른 불행이 닥쳐 그를 완전한 불구로 만들어버렸다. 그가 열네 살 되던 무렵, 그는 귀머거리가 되었다. 종지기에게는 필연적인 운명이었는지도 몰랐다. 종소리가 그의 고막을 망가뜨린 것이다. 세상을 향한 문은 이제 그에게 완전히 닫히게 된 셈이었다.

귀가 들리지 않게 되자 그는 말도 제대로 할 수 없게 되었다. 그는 사람들의 웃음거리가 되지 않기 위해 더욱 굳게 입을 다물었다. 그는 혼자일 때가 아니면 결코 입을 열지 않았다. 그는 자신이 추악했기에 사람들을 혐오했다.

그는 결국 사람들과 마주치는 것조차 싫어하게 되었다. 그에게는 성당 안에 즐비한 왕, 성자, 주교 들의 대리석상만으로도 충분했다. 그 석상들은 그를 비웃지 않고 언제나 한결같은 눈으로 바라보았다. 괴물이나 악마의 조각상들도 마찬가지였다. 성자들은 그의 친구로서 그를 축복해주었고 괴물들도 그의 친구가 되어 곁을 지켜주었다. 그는 때때로 조각상들 앞에 몇 시간이고 웅크리고 앉아 그것들에게 중얼중얼 이야기를 건네곤 했다.

그에게 우주이자 대자연이며 어머니의 품인 이 대성당에서 그가 가장 사랑한 것은 종들이었다. 그는 그것들을 어루만지며 사랑했고 그것들과 이야기를 나누었다. 그는 종들을 이해했고 종들은 새장 속의 새처럼 그를 위해 노래했다.

대성당의 종소리가 일제히 울리는 날, 그는 환희에 젖었다. 그럴 때면 그는 입에 거품을 물고 이리저리 왔다갔다 했다. 그리고 저 발아래 광장에서 사람들이 바글대는 모습과 아우성치는 종들의 혀를 번갈아 바라보았다. 그리고 미친 듯이 고함을 지르며 붉은 머리칼을 곤두세운 채 불꽃이 타오르는 듯한 눈빛을 했다. 그때 노트르담의 종은 더 이상 단순한 종이 아니었다. 그것은 그의 꿈이자 소용돌이이며 폭풍이었다.

카지모도가 모든 사람들에게 악의와 증오심을 품고 있었음에도 불구하고 단 한 사람은 예외였다. 카지모도가 대성당만큼, 아니 그 이상으로 사랑하는 사람이 딱 한 명 있었다. 바로 클로드 프롤로였다.

이유는 간단했다. 자신을 양자로 삼아 먹이고 입히고 길러 주었기 때문이다. 어려서부터 다른 아이들이 그를 놀림감으로 삼을 때마다 그는 클로드 프롤로의 다리 사이로 숨었다. 클로드는 그에게 읽기와 쓰기는 물론 말하기를 가르쳤다. 그리고 그에게 노트르담의 종지기 역을 맡겼다.

카지모도는 클로드에게 한없는 감사와 존경심을 품고 있었다. 카지모도는 클로드에게 순종하는 노예였으며 온순한 하인이었고 더없이 충성스런 개였다. 카지모도가 귀머거리가 된 이후에도 그들은 두 사람만이 이해할 수 있는 신호로 대화를 나누었다. 부주교는 카지모도가 의사를 전달할 수 있는 유일한 사람이 된 것이다. 카지모도는 노트르담과 클로드 말고는 세상 그 어느 것과도 관계를 맺지 않았다.

카지모도가 스무 살이 되던 해인 1482년 부주교는 서른여섯 살이었다. 한 사람은 어른이 되었고 한 사람은 나이가 들어가고 있었다. 클로드 프롤로는 더 이상 젊고 몽상적인 신부가 아니었다. 그는 엄격하고 성실하며 성격이 까다로운 성직자가 되어 있었다. 위엄 있고 음울한 그가 고개 숙인 채 생각에 잠겨 성가대 앞을 천천히 지날 때면 아이들뿐 아니라 신학생들,

미사에 참여한 관리들까지 모두 벌벌 떨었다.

그가 필생의 과업으로 삼은 것은 학문 연구와 동생의 교육 두 가지였다. 그는 결코 그 둘을 포기하지 않았다. 하지만 동생 장 프롤로는 클로드가 바라는 대로 커주지 않았다. 형은 동생이 경건하고 온순하며 지식이 풍부한 학생이 되기를 원했다. 하지만 동생은 나태와 무지, 방탕한 생활 속으로 가지를 뻗쳤다. 그는 난잡하고 쓸모없는 악당이 되어 형의 눈살을 찌푸리게 했다. 하지만 겉으로는 악당 같았어도 속으로는 장난기 가득한 사람 좋은 인물이었다고 보는 것이 옳을 것이다. 하지만 그의 장난은 도를 넘기가 일쑤였다. 신입생들을 정신 못 차릴 정도로 괴롭히는가 하면, 학생들 무리를 선동하여 술집을 약탈해서 지하 창고의 포도주 통 바닥에 구멍을 내버리기도 했다. 아직 열여섯 살의 어린 나이에도 불구하고 거리의 여자들을 찾아간다는 소문이 돌기도 했다.

부주교가 동생에게 실망한다는 것은 인간에게 실망한다는 것을 뜻했다. 인간에 실망한 그는 더 열정적으로 학문에 빠져들었다. 그가 사랑한 학문은 결코 그를 배신하지 않았다. 시간과 노력을 투자한 만큼 반드시 보상을 해주었다. 학문은 그가 가장 사랑한 누이였고 친구였다.

그의 학문을 향한 열정은 당시 위험한 학문으로 간주되던 연금술과 점성술, 이단 종교로까지 뻗쳤다. 세상에서 인정받고 허락된 학문으로는 그의 허기가 채워지지 않았기 때문이다. 그 음식들을 아무리 먹어도 그는 배가 고팠다.

그가 유명한 연금술사들의 묘지를 찾아가는 모습을 사람들이 자주 보게 되었다. 또한 유명한 연금술사인 니콜라 프라멜이 살던 집을 찾아가는 모습도 눈에 띄었다. 또한 그는 자신만의 비밀의 방에 자주 혼자 틀어박히는 일이 잦아졌다. 광장이 내려다보이는 그 작은 방에 무엇이 있는지는 아무도 몰랐다. 다만 깊은 밤에 이상한 불빛이 규칙적으로 깜빡이는 모습이 채광창을 통해 보였을 뿐이다. 그 모습이 어쩐지 으스스해 보여서 나이든 여인들은 "저길 봐, 부주교님이 불을 피우고 있어! 지옥불이 저 위에서 번쩍거리는 거야!"라고 말하곤 했다.

물론 그것이 부주교가 마법을 부리고 있다는 증거는 아니었다. 그러나 이런저런 이유로 부주교에게는 매우 흉흉한 소문이 뒤따라다니게 되었다. 그 소문을 카지모도라는 존재가 부추겼다. 카지모도가 악마이며 클로드 프롤로는 마법사라고 생각하는 사람들이 많아진 것이다. 마법사가 아니라면 도대체 그런 악마를 왜 거두어 기를 수 있단 말인가, 하는 것이 사람들의 생각이었다. 심지어는 신자들조차도 그에게서 마법사 냄새를 맡곤 했다.

게다가 신부 자신의 외모와 행동도 일조했다. 사람들은 그의 모습을 보며 속으로 중얼거렸다.

'이마는 왜 저리 벗겨졌을까?' '왜 늘 고개를 숙이고 다니는 걸까?' '왜 늘 한숨을 쏟아내는 걸까?' '무슨 은밀한 생각을 하고 있기에 저렇게 씁쓸하게 미소 짓는 걸까?' '얼마 남지 않은 머리카락은 왜 벌써 희끗희끗해진 걸까?'

아닌 게 아니라 그의 눈빛은 점점 비정상적이리만치 번쩍거렸다. 그에 따라 그는 날이 갈수록 더 엄숙해졌다. 한쪽으로는 비정상적인 면을 보여주면서 다른 한쪽으로는 더없이 모범적이고 바람직한 성직자의 모습을 둘 다 지니게 된 것이다.

그는 신분이나 성격상으로 평생 여자를 멀리해왔으며 날이 갈수록 점점 더 여자라는 존재를 싫어하는 것 같았다. 이를테면 비단 치맛자락 스치는 소리만 들려도 그는 망토의 두건을 더 깊이 눌러썼다. 심지어는 공주가 노트르담 성당을 방문하겠다고 했을 때도 '상하노소를 막론하고 여자는 수도원에 들어올 수 없다'는 규정을 내세워 그녀의 방문을 반대하고 나섰다.

또한 그는 집시 여자들을 증오하기 시작했다. 그는 집시 여자들이 성당 앞 광장에서 춤추고 노래하는 것을 금지하는 법령을 주교에게 청원해놓고 있었다. 결국 노트르담 성당의 부주교와 종지기는 그 누구에게도 호감을 얻지 못했다. 그들이 함께 외출할 때면 사람들이 그들을 향하여 악담을 퍼부었다.

아이들은 목숨을 걸고 카지모도의 혹을 바늘로 찌르기도 했고, 예쁘장한 아가씨는 부주교의 옷자락을 스치듯 건드리며 '어머 악마에 사로잡혔네!'라고 노래하듯 말하기도 했다. 또한 지저분한 옷차림의 노파들이 떼 지어 앉아 있다가 '저걸 봐, 같은 영혼을 가진 두 분이 납셨네'라고 떠들어대기도 했다.

하지만 부주교와 종지기는 그런 욕설을 알아차리지 못했다. 카지모도는 귀머거리였고 클로드는 언제나 깊은 생각에 잠겨 있어 그런 말들이 전혀 귀에 들어오지 않았던 것이다.

재판정에 선 카지모도

파리시장인 로베르 데스투트빌은 나는 새도 떨어뜨릴 만큼 기세가 등등한 사람이었다. 그는 파리시장이면서 동시에 국왕의 고문이었으며 시종관이었다. 그가 파리시장이 된 지도 벌써 17년째 접어들고 있었다. 그는 인생을 즐겁고 조용하게 지낼 만한 조건을 충분히 갖추고 있었다.

하지만 1482년 1월 7일 아침에 그는 별로 기분이 좋지 않은 상태에서 눈을 떴다. 왜 기분이 나쁜지는 스스로도 알 수 없었다. 단지 날씨가 찌뿌듯해서였을까? 뚱뚱한 시장의 몸을 허리띠가 너무 조였기 때문일까? 그 이유에 대해서는 독자들의 상상에 맡기겠다. 나는 그저 아무 이유 없이 기분이 나빴기에 기분이 나빴을 뿐이라고 믿고 싶다. 더구나 그날은 축제 다음 날이었다. 축제 이튿날은 누구나 기분이 허탈해지기 마련 아닌가?

그가 그렇게 기분이 좋지 않은 날, 그는 그랑 샤틀레에서 법정을 열어야만 했다. 하긴 재판관이 기분이 좋지 않은 때를 재판 날로 잡는 것이 관례임을 나는 잘 알고 있다. 그래야 가슴속에 쌓여 있던 것을 국왕이나 법관, 또는 정의의 이름으로 마음 놓고 쏟아낼 수 있을 것 아닌가?

재판은 시장이 도착하기 전에 이미 시작되었다. 법정은 개방되어 있었기에 이른 아침부터 한 무리의 사람들이 재판정에 몰려와 있었다. 법정은 좁은데다 천장이 낮고 둥글었다. 안쪽에 꽃무늬 책상이 하나 있었고 그 앞에 팔걸이의자가 놓여 있었다. 시장의 자리였다. 단 하나뿐인 창문으로 1월의 희뿌연 빛이 들어와 안쪽, 플로리앙 판사의 얼굴을 비추고 있었다. 그는 불그스레한 얼굴에 고집 센 듯한 표정으로 쉴 새 없이 눈을 깜빡거리고 있었다. 탱탱하게 살이 오른 양 볼은 턱 밑까지 처져 있었다.

그런데 이 배석판사는 귀가 몹시 어두워 거의 귀머거리에 가까웠다. 판사로서는 작지 않은 결함이었다. 그런데도 그는 피고인의 호소를 들은 뒤에야 판결을 내렸고 언제나 적절한 판결을 내렸다. 판사란 피고인의 진술을 듣는 시늉을 하는 것만으로도 충분하기 때문이었다.

그런데 방청석에는 언제나 그의 말과 행동에 대해 일일이 감독하고 비평하는 훌륭한 조언자가 있었다. 바로 장 프롤로였다. 그 어린 학생 '부랑자'는 학교를 제외하고는 파리의 어느 장소에나 나타나곤 했다. 그날도 예외 없이 그는 친구와 함께 재판 과정을 지켜보고 있었다.

축제 때 벌어진 잡다한 사건들에 대한 판결이 내려진 후 야경대원들의 엄한 감시 하에 밧줄로 꽁꽁 묶인 카지모도가 법정에 들어서고 있었다. 그러자 재판정 맨 앞줄에 앉아 매 재판 때마다 끊임없이 떠들어대던 장 프롤로가 큰 소리로 외쳤다.

"얼씨구, 대단한 놈이 들어서네. 어제 우리가 뽑은 교황이 잖아! 우리의 미치광이 교황! 우리의 종지기, 애꾸눈에다 곱사등이 카지모도! 어럽쇼! 경찰들이 아주 떼거리로 둘러싸고 있구먼! 대단한 죄를 지은 모양이지!"

그사이 배석판사 플로리앙은 서기가 가져온 소송서류를 신중하게 뒤적이고 있었다. 그는 서류를 통해 카지모도 사건을 미리 완전히 파악했다. 그는 언제나 심문을 시작하기 전에 신중한 태도로 피고의 이름과 신분, 범죄사실을 완전히 파악한 뒤 재판을 진행함으로써 자신의 귀가 들리지 않는다는 사실을 감추고 성공리에 판결을 내릴 수 있었다.

판사가 카지모도에게 물었다. 귀머거리가 귀머거리를 심문하는 희대의 사건이 그곳에서 벌어진 것이다.

"이름은?"

카지모도는 판사가 자신에게 무엇을 묻는지 몰라 판사의 얼굴만 멀뚱히 바라보고 있었다. 귀머거리 판사는 당연히 그가 대답을 했다고 여기고 질문을 이어갔다.

"좋아, 그럼 나이는?"

이번에도 카지모도는 아무 대답도 하지 않았다. 판사는 대답한 것으로 알고 다음 질문을 이어나갔다.

"그럼 직업은?"

카지모도는 여전히 침묵하고 있었다. 방청석이 웅성거리기 시작했다. 그러나 판사는 세 번째 질문에 대한 대답이 끝났다고 여기고 이어서 말했다.

"좋아, 그대는 다음과 같은 죄목으로 이 법정에 서게 되었다. 첫째는 야간에 난동을 부린 것, 둘째는 매춘부에게 폭력을 행사한 것, 셋째는 국왕 폐하의 친위대들에게 반항을 한 것이다. 이에 대해 피고가 할 말이 있는가? 서기는 지금까지 피고가 한 말을 모두 기록했는가?"

판사의 어이없는 질문에 방청석에 와! 하고 웃음이 터졌다. 두 귀머거리도 알아들을 수 있을 정도로 큰 웃음이었다. 카지모도는 곱사등을 들썩거리며 경멸에 찬 시선으로 방청석을 돌아보았다. 플로리앙 판사는 피고가 어깨를 들썩이는 것을 보고 함부로 입을 놀려 방청객들을 웃게 만든 것이라 생각했다. 그는 화가 나서 소리쳤다.

"이 무엄한 놈, 감히 샤틀레의 판사를 우습게 알다니!"

그러더니 그는 카지모도에게 열변을 늘어놓기 시작했다. 귀머거리가 귀머거리에게 하는 일장 연설은 도대체 언제 끝날지 알 수 없었다. 그때 바로 시장이 들어섰다.

시장의 모습을 보자 판사는 그에게 다짜고짜 하소연했다.

"각하, 여기 있는 피고가 죄를 저지른 것으로도 모자라 재판관을 모독하는 죄까지 저질렀습니다. 각하께서 응분의 벌을 내려주시기 바랍니다."

로베르 데스투드빌 각하가 눈살을 찌푸리며 카지모도에게 위압적인 손짓을 하자 카지모도도 그 뜻은 대강 눈치챌 수 있었다. 파리시장이 그에게 엄숙하게 물었다.

"너는 대체 무슨 죄를 짓고 이곳에 끌려 왔느냐?"

가엾은 귀머거리는 자기 이름을 묻는다고 생각하고 기어들어가는 목소리로 대답했다.

"카지모도라고 합니다."

질문과는 전혀 다른 대답이 나오자 방청석에서는 웃음이 터져 나왔다. 파리시장은 화가 나서 얼굴이 시뻘개지더니 소리쳤다.

"뭐야? 나까지 조롱하는 거야? 이런 고얀 놈 같으니라고!"

"노트르담의 종지기입니다." 카지모도는 자신이 하는 일을 묻는 줄 알고 대답했다.

그렇지 않아도 아침부터 기분이 언짢았던 시장은 울화통을 터뜨렸다.

"종지기? 그렇다면 너를 파리 한복판으로 끌고 가서 네놈의 등짝을 종 치듯 채찍으로 후려쳐주마, 알겠느냐? 이 악당아!"

"제 나이요? 생 마르탱 축제가 끝나면 스무 살이 됩니다."

시장의 참을성은 한계에 다다랐다.

"이런 고얀 놈! 아예 나를 데리고 노는구나! 채찍 담당 들거라. 이놈을 그레브 광장 죄인 공시대로 데리고 가서 한 시간 동안 빙빙 돌려가며 채찍질을 하도록 해라! 그런 후 한 시간 이상 사람들 앞에 전시하도록 하라! 요, 발칙한 놈! 아주 따끔한 맛을 보여주겠다."

서기는 즉시 판결문을 기록했고 카지모도는 어안이 벙벙했다. 장 프롤로가 한쪽 구석에서 외쳤다.

"제길, 정말 기가 막히게 훌륭한 판결이로구나!"

쥐구멍

　　그레브 광장 이야기가 나온 김에 우리의 눈길을 잠시 그쪽으로 돌려보기로 하자.

　그레브 광장 서쪽에는 반은 고딕식이고 반은 로마네스크식인 오래된 건물이 하나 있었다. 그 건물을 사람들은 롤랑 저택이라고 불렀다. 그 건물 모서리에는 풍부한 채색 삽화가 들어 있는 커다란 공용 『성무(聖務)일과서』 한 권이 있었다. 비에 젖지 않게 작은 처마가 쳐져 있었고 철망이 둘러쳐져 있어 읽고 싶은 사람이 펼쳐볼 수는 있었지만 가져갈 수는 없었다. 그 옆에는 십자형 쇠창살이 달린 작은 채광창이 하나 있었다. 그 낡은 집 아래층 벽에는 작은 독방이 하나 있었는데, 그 채광창은 바로 그 방의 유일한 창문이었다.

이 방은 지금으로부터 약 300년 전 롤랑드 드 라 투르롤랑 공주가 십자군 전쟁에서 아버지가 전사하자, 자신의 집 벽 안에 구멍을 파서 만든 것이었다. 그녀는 저택의 나머지 부분은 모두 가난한 사람들과 교회에 기부하고 자신은 그 방에 칩거했다. 슬픔에 잠긴 공주는 20년간 그 방에 틀어박혀 아버지의 영혼을 위해 기도하며 일생을 보냈다.

그녀는 죽기 전에, 괴로움에 처한 여자로서 고행을 원하는 사람이라면 누구나 이 방을 사용해도 좋다는 유언을 남겼다. 롤랑 공주가 죽은 뒤 그 방이 비어 있던 적은 없었다. 숱한 여자들이 거기서 죽을 때까지 부모나 애인을 애도하고 참회의 눈물을 흘리며 죽어갔다. 벽으로 둘러싸인 그 방에는 문이 없었으므로 창문 위에 큼지막한 라틴어 두 글자가 새겨져 있었다.

TU, ORA(투 오라: 그대 기도하라)

하지만 보통 사람들은 그 뜻을 제대로 알지 못하고 그 글자와 발음이 비슷한 'Trou au rats 트루 오 라: 쥐구멍'이라는 이름을 붙였다. 본래의 뜻에 비해 경건하지는 못했지만 한결 생생한 느낌을 주는 이름이었다.

그렇다면 지금 그 '쥐구멍'에는 누가 살고 있을까? 그게 누구인지 궁금하다면 마침 샤틀레에서 그레브 광장으로 들어선 후 곧장 '쥐구멍'을 향해 가는 세 명의 여인에게 귀를 기울이면 될 것이다.

그중 한 명이 말했다.

"서둘러요, 마예트 부인! 자칫하면 늦겠어요. 저기 탬버린 소리가 들리네요. 에스메랄다가 염소랑 춤을 추고 있나봐요. 모처럼 파리 구경을 왔으니 볼 건 다 봐야죠. 어제는 플랑드르인들을 봤으니 오늘은 집시 여자들을 보여드리지."

마예트는 옆에 어린아이 손을 잡고 걷고 있었다. 그녀는 집시 여자라는 말에 깜짝 놀라 걸음을 멈추더니 아이의 팔을 꽉 움켜쥐며 방향을 바꾸며 말했다.

"오, 하느님, 저 집시 여자는 내 아들을 훔쳐갈 거예요. 나는 파케트처럼 되고 싶지 않아요."

"집시 여자가 아이들을 훔쳐간다고요? 이상하네요. 자루를 뒤집어쓰고 참회하는 '자루 수녀'도 집시 이야기만 나오면 그

런 말을 하던데. 마예트, 파케트가 누구예요? 어서 이야기 좀
해줘요."

"지금으로부터 한 18년 전 내 고향 랭스에서 벌어진 이야기
예요. 파게트는 아름다운 처녀였지요. 하지만 왕실의 음유시
인이었던 아버지도 돌아가시고 어머니도 병으로 세상을 뜨자
살 방법이 없어 그만 거리의 여자로 전락하고 말았지요. 그녀
는 아비를 알 수 없는 딸을 낳았어요. 너무 예쁜 아이였고 파
케트는 아이를 위해서라면 무슨 일이든 다 했어요. 아이를 위
해 예쁜 신발을 사서 정말 아름답게 장식을 했어요."

"그런데 집시 얘기는 뭐예요?"

"글쎄 좀 기다려보라니까요. 그러던 어느 날 여러 나라를
떠돌던 집시들이 마을에 들어왔어요. 집시 여자들은 파케트의
아이를 보자 너도나도 예쁘다고 야단이었어요. 그런데 이튿
날 엄마가 잠깐 집을 비운 사이에 아이가 없어져버린 거예요.
침대 위에는 분홍신 한 짝만 놓여 있었어요. 그녀는 미친 듯
이 아이를 찾아다녔죠. 그녀는 새끼를 잃은 야수처럼 남의 집
문간이나 창문 아래를 온통 다 뒤지고 다녔어요. 하지만 아기
를 찾지 못했죠. 날이 어두워져 그녀는 집으로 돌아갈 수밖에

없었어요. 그런데 집에 들어가니 아이 울음소리가 들리는 거예요. 그녀는 기뻐서 집으로 뛰어 들어갔지요. 하지만 세상에 나……. 하느님의 선물이었던 그 귀엽고도 사랑스러운 아기, 그 아기 이름은 아네스였는데요, 그 아네스 대신 차마 눈뜨고 볼 수 없을 정도로 추악한 아이가 울고 있었던 거예요. 그녀는 '마녀들이 내 딸을 끔찍한 짐승 새끼와 바꿔놓았어!'라며 울부짖었어요. 이웃들이 그 소리를 듣고 그 괴물 같은 아이를 끄집어냈어요. 그냥 두었다가는 파케트가 미칠 것 같아서였지요. 그 아이는 악마의 유혹에 넘어간 집시 여자가 낳은 아이였어요. 그런 후 파케트는 그곳에서 사라져버렸지요. 그런 후 아무도 그녀 소식을 듣지 못했어요."

"그럼 우리 집시 여자들은 피하도록 해요. 그 대신 자루 수녀를 보러 갈까요."

"자루 수녀가 누구예요?"

"귀딜 수녀 말이에요. 쥐구멍에 은둔해 사는 여자."

"그래요? 그 쥐구멍이 어디예요?"

"광장 저쪽에 있어요. 우리 거길 한번 들여다볼까요? 간 김에 그 귀딜 수녀에게 빵을 좀 갖다주기로 해요."

그들은 '쥐구멍'으로 향했다. 마침내 투르 롤랑 부근에 이르자 안내하던 여자가 말했다.

"여기예요. 한꺼번에 방을 들여다보면 안 돼요. 참회 중인 수녀가 놀랄 테니까요. 내가 먼저 들여다볼 동안 두 분은 『성무일과서』를 읽는 척하세요. 귀딜 수녀가 나를 좀 아니까 내가 신호를 하면 그때 오세요."

그녀는 혼자 채광창으로 갔다. 그녀는 창 안을 들여다보더니 얼굴색이 하얗게 질렸다. 그녀는 손가락을 입술에 대더니 마예트에게 이리 와보라는 신호를 보냈다. 마예트는 조심스런 걸음걸이로 채광창을 향했다.

둘이 '쥐구멍' 채광창 안을 들여다보았을 때, 눈앞에 펼쳐진 광경은 말로 표현하기 어려울 정도로 처참했다. 방 한쪽 구석 차가운 돌바닥에 여자 한 명이 웅크리고 앉아 있었다. 그녀는 무릎을 턱에 괴고 있었다. 두 팔로 무릎을 꼭 껴안고 가슴에 붙이고 있었던 것이다.

그녀는 움직임이 없었다. 아니, 아예 숨결이 없는 것 같았다. 한겨울 추위 속에서 자루 한 장만을 뒤집어쓴 채 돌바닥 어두컴컴한 그늘 속에 앉아 있다니! 그녀는 그 어떤 고통이나 감각도 느끼지 못하는 것 같았다. 마치 토굴과 더불어 돌이 되고 계절과 더불어 얼어버린 것 같았다.

그러나 그녀의 흐릿한 눈에서는 뭐라고 표현하기 힘든 빛이 뿜어져 나오고 있었다. 심각하면서 비통한 시선이었으며, 지나칠 정도로 차분한 시선이었다. 그 시선은 끊임없이 방 한쪽 구석을 향하고 있었다.

이제 세 여인이 모두 채광창을 통하여 안을 들여다보고 있었다. 그녀들은 자루 수녀의 눈길이 향하는 곳을 동시에 바라보았다. 그곳에는 분홍 공단에 온갖 금실과 은실로 정성들여 수놓은 작은 신발 한 짝이 놓여 있었다. 세 여인은 자루 수녀에게서 비통한 모성애를 느끼고 저절로 눈물을 흘렸다.

세 여인들 중 한 명이 용기를 내어 그녀를 불렀다. 그러나 그녀는 꼼짝도 하지 않았다. 그때였다. 광장을 지나가는 개에게 눈길이 팔려 있던 사내아이가 까치발을 하고는 창 안을 들여다보려고 소리쳤다.

"엄마, 나도 좀 보게 해줘!"

기적 같은 일이었다. 아이의 목소리가 들리자 은둔자가 갑자기 몸을 움직여 고개를 돌리더니 절망적인 눈빛으로 아이의 얼굴을 바라보았다.

아이는 "아줌마, 안녕하세요?"라고 천진스런 인사를 건넸다. 은둔자는 충격을 받은 것 같았다. 그리고 그 충격으로 정신이 돌아온 것 같았다. 이내 머리부터 발끝까지 몸을 떨었다. 그러더니 채광창에 얼굴을 디밀고 있는 여자들에게 말했다.

"어서 이 아이를 데려가세요. 집시들이 곧 여기를 지나갈 테니까."

은둔자는 온몸을 떨면서 맨발로 벌떡 일어났다. 그러고는 불길이 활활 타오르는 눈길을 하고 창가로 다가왔다. 그러더니 갑자기 무시무시한 웃음을 터뜨렸다. 죄인 공시대에서 벌어지고 있는 광경을 본 것이었다.

"아니, 또 집시 계집이야! 그래, 너로구나, 이 집시 계집! 이 도둑년! 이 요망한 것! 죽어버려! 천벌을 받아!"

물 한 모금, 눈물 한 방울

그녀가 과연 무엇을 보고 그렇게 소리친 것일까? 우리의 눈길을 다시 그레브 광장으로 옮겨, 그녀가 그렇게 소리치기까지 그곳에서 벌어졌던 일을 조금 앞당겨 알아보기로 보자.

사람들이 아침 9시부터 그레브 광장으로 몰려들고 있었다. 죄인 공시대 네 귀퉁이에 경관 넷이 있는 것을 보고 이곳에서 교수형은 아니더라도 구경거리가 될 만한 형벌이 있으리라는 생각에서였다. 삽시간에 사람들이 불어나 주위를 둘러싼 경관들이 곤봉으로 군중을 경계선 밖으로 밀어내야 했다.

마침내 죄인이 수레 뒤에 묶인 채 공시대 앞에 다다랐다.

그가 카지모도라는 것을 알게 된 사람들은 웃음과 갈채와 야유를 동시에 보냈다.

카지모도로서는 정말 기구한 운명이었다. 전날만 해도 미치광이 교황으로 뽑혀 수많은 사람들을 거느리고 위풍당당하게 등장했던 바로 그곳에서 오늘은 형벌을 받게 된 것이었으니! 하지만 당사자인 카지모도도, 그곳에 모인 군중들도 하루아침에 교황에서 죄인으로 급전직하한 운명의 아이러니를 뚜렷이 느끼지 못하고 있었다. 철학자이며 시인인 그랭구아르가 그 자리에 있었다면 그것에 대해 그럴듯하게 묘사하고 설명을 해줄 수도 있었겠지만 불행히도 그 시각에 그는 군중 속에 없었다.

마침내 국왕 폐하의 전속 나팔수가 사람들을 조용히 시킨 후 파리시장의 명에 따라 「판결문」을 읽었다. 카지모도는 눈썹 하나 까딱하지 않고 서 있었다. 포승줄이 살 속을 파고 들 정도로 단단히 묶여 꼼짝도 할 수 없는 형편이었다.

카지모도는 자신을 형틀 위에 묶는 대로 얌전히 있었다. 다만 이따금씩 거친 숨을 몰아쉬었을 뿐이었다. 그는 빙빙 돌아가는 수레바퀴 위에 무릎을 꿇었다.

한 사나이가 나타나더니 죄인 공시대 한쪽에 모래시계 하나를 갖다놓았다. 그는 채찍을 손에 들었다. 채찍 끝에는 쇠갈퀴가 달린 가죽 끈이 몇 가닥 뻗어 있었다. 그는 왼손으로 오른팔 옷소매를 걷어 올렸다.

그러자 군중 사이에 있던 장 프롤로가 소리쳤다. 그는 어디에고 있었다.

"모두들 가까이 와서 보십시오! 신사숙녀 여러분! 나의 형님이신 부주교님의 종지기 카지모도 선생께서 이제 곧 두들겨 맞을 겁니다! 등은 둥근 지붕이요, 다리는 비틀린 이상한 건축물입니다!"

이윽고 고문관이 발을 구르자 수레가 천천히 돌기 시작했다. 바퀴가 돌아가면서 고문관 앞으로 오자 그는 채찍으로 사정없이 카지모도의 어깨를 내리쳤다. 카지모도는 마치 잠자리에서 벌떡 일어나듯 펄쩍 뛰어올랐다. 놀라움과 고통으로 그의 얼굴이 심하게 떨렸다.

채찍질은 수레가 돌아감에 따라 한 번, 두 번, 세 번, 네 번……. 계속 이어졌다. 카지모도의 몸에 깊은 상처가 패이고 피가 흐르기 시작했다. 카지모도의 눈에 놀란 듯한 표정은 사라지고 고통과 절망의 빛만 역력했다. 그는 하나밖에 없는 눈을 감고 고개를 떨어뜨린 채 죽은 듯이 있었다.

얼마 뒤 그는 더 이상 움직이지 않았다. 이윽고 모래시계가 멈추고 매질도 멈추었다. 수레도 멈추었다. 카지모도는 천천히 눈을 떴다.

고문관의 조수 두 명이 카지모도의 피투성이 어깨를 씻고 무슨 고약 같은 것을 바르자 피가 멈추었다. 고문관은 그에게 노란색 담요 같은 것을 걸쳐주었다.

하지만 그것으로 그의 형벌은 아직 끝난 것이 아니었다. 그는 이제부터 한 시간 동안 사람들 앞에 전시되어야 했다. 고문관은 모래시계를 다시 뒤집었다.

카지모도를 측은하게 생각하는 사람은 아무도 없었다. 카지모도를 향해 그들이 지녔던 평소의 증오심이 더 커졌으며 그에 따라 그가 받는 형벌을 더욱 즐겁게 구경했다. 사람들은 카지모도를 향해 온갖 욕설을 퍼부었다. 카지모도의 귀는 들리지 않았지만 그의 눈은 밝았다. 그는 군중들의 표정을 보고 그들의 마음을 읽을 수 있었다.

이 가엾은 사나이는 사슬에 묶여 꼼짝 못하게 된 야수처럼 가만히 있었다. 세찬 분노에 가슴이 벌컥거렸지만 부끄럽지는 않았다. 그는 사회와 너무 격리되어 있었기에 수치가 무엇인지도 몰랐다. 분노와 증오와 절망으로 흉한 얼굴이 더 일그러졌으며 눈에는 번갯불이 번쩍였다.

그때 갑자기 그의 얼굴이 밝아졌다. 멀리서 신부가 나귀를 타고 오는 것을 보았던 것이다. 노여움으로 굳어 있던 그의 얼굴에 부드러운 미소가 떠올랐다. 마치 구세주를 맞이하는 것 같았다. 프롤로 신부였다. 하지만 카지모도 쪽으로 다가오던 신부는 올 때보다 더 빨리 가버렸다. 마치 그런 몰골의 사나이가 자신을 알아보거나 인사하는 것을 원치 않는 것 같은 태도였다.

그가 가버리자 카지모도의 얼굴은 더욱 어두워졌다. 하지만 시간은 흐르게 되어 있는 법, 어언 한 시간 반이 흘렀다. 그동안 내내 카지모도는 욕설과 조롱에 시달렸으며 돌팔매를 맞기도 했다.

그때였다. 그가 갑자기 격렬하게 몸부림을 쳤다. 형틀이 심하게 덜컹거렸다. 그는 이제까지 굳게 다물고 있던 입을 벌리고 사나운 개가 짖는 것처럼 외쳤다.

제3부

121

"물! 물 좀 줘!"

그의 가련한 외침은 구경꾼들을 더 즐겁게 했을 뿐 아무도 물을 주는 이는 없었다. 심지어 시궁창에 떨어져 있던 걸레를 집어 던지며 "어이, 이거나 먹지!"라고 놀리는 사람도 있었다.

카지모도가 물을 달라고 다시 여러 번 외치자 군중이 양옆으로 갈라지면서 염소 한 마리를 거느린 한 처녀가 걸어 나왔다. 손에는 탬버린이 들려 있었다.

카지모도의 눈이 번쩍 빛났다. 그녀는 자신이 간밤에 납치하려 했던 바로 그 집시 여자였다. 자신이 그런 난폭한 짓을 했기에 이런 심한 벌을 받는다고 생각했다. 그러나 그것은 사실이 아니었다. 그가 그런 형벌을 받게 된 것은 그가 귀머거리였기 때문이고 운 나쁘게 그가 귀머거리 판사에게 재판을 받았기 때문이다. 그는 그녀가 남들처럼 자기에게 복수하기 위해 다가온다고 생각했다.

집시 여자는 빠른 걸음으로 계단을 올라왔다. 그리고 입을 다문 채 그에게 다가왔다. 카지모도는 마치 도망이라도 치려는 듯 몸부림을 쳤다. 그런데 그녀는 곧장 그에게로 다가오더니 말없이 허리띠에 매달린 물통을 풀어 그의 입술에 대주었다.

순간, 분노로 이글거리던 그의 눈 속에 굵은 눈물방울이 맺혔다. 그리고 눈물이 절망으로 얼룩져 있던 그의 흉측한 얼굴을 타고 흘러내렸다. 이 불행한 사나이가 난생처음으로 흘린 눈물이었다.

그는 감정이 북받쳐 눈물을 흘리느라 물을 마시는 것도 잊어버렸다. 그녀는 입술을 삐죽거리고 생긋 웃으며 카지모도의 입에 물병 주둥이를 바짝 대주었다. 그는 찔끔찔끔 물을 마셨다. 밝고 귀여운 아가씨, 순결하고 발랄하면서 동시에 연약한 아가씨, 아름답기 그지없는 아가씨가 추악하고 심술궂은 사나이에게 물을 먹여주는 장면, 그렇게 은혜를 베푸는 광경은 가슴 뭉클한 장면이 아닐 수 없었다. 죄인 공시대 위에서 벌어진 그 광경은 더없이 숭고했다.

공시대 주변에 있던 군중들도 감동을 받아 자신도 모르게 박수를 치며 소리 지르기 시작했다.

"멋지다! 최고다! 에스메랄다, 최고다!"

자루 수녀가 '쥐구멍'의 채광창을 통해 그녀를 보고 "이 집시 계집! 이 요망한 것! 죽어버려! 천벌을 받아!"라고 외친 것은 바로 그 순간이었다.

에스메랄다의 귀에 그 소리가 들렸다. 그녀는 얼굴이 파랗게 질린 채 공시대에서 내려와 광장에서 멀어지기 시작했다. 자루 수녀의 목소리가 여전히 그녀의 뒤를 따르고 있었다.

"아기를 훔쳐간 도둑년아! 내가 너를 그 자리에 올려놓고 말 테다!"

"자루 수녀가 또 시작이군!" 사람들이 중얼거렸다. 그러나 그뿐이었다. 자루 수녀에게 손가락질을 하며 욕을 하거나 돌을 던지는 사람은 없었다. 사람들은 그 은둔자를 두려워했으며 성스럽게 여기기까지 했기 때문이다.

4

염소가 보여준 비밀

그 일이 있은 지 몇 주일이 지났다. 어느 덧 3월 초순이었다. 태양은 찬란하게 빛나고 있었다. 광장이나 산책로 등 파리 어느 곳이나 부드럽고 온화한 봄날의 기운이 완연했다. 그렇게 날씨가 좋은 날이면 노트르담 정면 현관의 모습이 한결 매력적으로 변하는 때가 있었다. 태양이 서쪽으로 기울면서 대성당 정면을 비추는 순간이 바로 그때이다. 그럴 때면 성당 한가운데의 커다란 장미꽃 모양의 창은 마치 대장간 화덕의 반사광을 받은 요괴 인간의 눈처럼 타오른다.

우리가 할 이야기는 바로 그러한 시각에 일어났다.

노트르담 대성당은 저녁 햇살을 받아 붉게 빛나고 있었다. 성당의 정면 광장과 파르비 거리 모퉁이에 자리 잡고 있는 고딕식 대저택 현관 위 발코니에서 몇 명의 아가씨들이 아름다운 자태를 뽐내며 웃고 떠들고 있었다. 그 무렵의 유행에 따라 가슴 윗부분을 드러낸 드레스 스타일과 한가함과 게으름을 보여주는 희고 가는 손가락으로 보아 부유하고 지체 높은 집안의 아가씨들임을 알 수 있었다. 그중에는 일곱 살 된 꼬마아가씨도 함께 있었다.

이들은 이 저택의 외동딸인 플뢰르 드 리스 공들로리에 양과 그녀의 친구들이었다. 그 아가씨들이 모여 있던 발코니는 값비싼 갈색 플랑드르 산 가죽으로 벽을 둘러친 호화로운 침실로 이어지고 있었다. 이 집 안주인인 공들로리에 부인은 벽난로 옆에 놓인 붉은 비로도로 된 화려한 안락의자에 앉아 있었다. 그녀는 50대 중반의 옛 왕실 경비대장 미망인이었다.

그녀 곁에는 매우 거만해 보이는 한 젊은이가 서 있었다. 허영과 허세가 보이는 젊은이였지만 여자라면 누구나 반할 만한 준수한 용모였다. 그는 눈부시게 화려한 왕실 친위대 차림을 하고 있었다.

공들로리에 부인이 이따금씩 그에게 말을 걸면 그는 예의를 갖추어 정성들여 대답하곤 했다. 부인이 미소를 띤 채 다정한 몸짓으로 그와 이야기를 나누면서 가끔씩 딸인 플뢰르드 리스 양에게 눈길을 보내는 것으로 보아 둘이 약혼한 사이이며 머지않아 결혼식을 올리게 될 사이라는 것을 쉽게 알 수 있었다.

하지만 청년의 표정에는 즐거운 기색이 별로 없었으며 무관심과 권태의 빛이 역력했다. 그가 약혼녀에 대한 애정이 없다는 것을 그 표정을 보면 누구나 눈치챌 수 있을 정도였다. 하지만 마음씨 착한 미망인은 자기 딸을 향한 장교의 애정이 식어버렸다는 사실을 전혀 눈치채지 못하고 있었다.

그때였다. 발코니에서 밖을 내다보고 있던 꼬마 아가씨가 외쳤다.

"저기 좀 보세요! 길에서 어떤 여자가 사람들에 둘러싸여 탬버린을 흔들며 춤을 추고 있어요."

실제로 탬버린 소리가 은은히 들려오고 있었다. 그러자 플뢰르 드 리스가 갑자기 등을 돌리고 사내에게 말했다.

"있잖아요, 두어 달 전쯤에 밤중에 순찰을 돌다가 10여 명의 도둑들한테서 집시 여자를 구했다고 했지요?"

"응, 맞아, 그런 일이 있었지"라고 청년 장교가 말했다.

"저기 성당 앞에서 춤추는 여자가 혹시 그 집시 아닐까요? 이리 와서 좀 보세요, 페뷔스."

그렇다. 그 친위대 차림의 젊은이는 바로 페뷔스였다. 그는 명문가 출신이었지만 군대 생활을 하는 동안 군인의 거친 습성이 몸에 배었다. 술집의 술 맛도 알게 되었고 여자들과 즐기는 맛에 푹 빠지기도 했다. 한마디로 그는 바람기가 있는 남자였다. 그 때문에 약혼자인 드 리스를 향한 애정이 식은 것이었고 그녀를 가끔 만나면서도 어쩐지 거북하기만 했고 짜증도 났다.

그는 천천히 발코니로 걸어갔다. 플뢰르 드 리스는 페뷔스의 팔에 자기 손을 다정하게 얹으며 말했다.

"저길 좀 봐요. 사람들이 둥글게 에워싼 가운데 집시 여자가 춤을 추고 있지요? 저 여자 맞아요?"

그녀가 가리키는 방향을 보다가 페뷔스가 말했다.

"맞아, 저 염소를 보니까 그 여자가 맞는 거 같아."

그때 집시 여자를 처음 발견했던 꼬마 아가씨가 노트르담 성당 탑 꼭대기를 가리키며 말했다.

"저기 저 높은 곳에 시커먼 옷 입은 사람은 누구예요?"

그 소리에 다들 눈을 들어 그곳을 쳐다보았다. 정말 한 남자가 광장 쪽을 향하고 있는 탑 난간에 기대어 광장을 내려다보고 있었다. 신부였다. 옷차림과 얼굴까지 또렷이 보였다. 그는 조각상처럼 꼼짝도 않은 채 광장 한곳을 응시하고 있었다.

"프롤로 부주교님이네."

플뢰르 드 리스 양이 말했다.

"저 춤추는 집시 여자를 보고 계시는 것 맞죠? 이상하네. 부주교님은 집시 여자들을 아주 싫어하시는데"라고 한 친구가 말했다.

그때 드 리스 양에게 엉뚱한 생각이 떠올랐다. 그녀가 제안했다.

"페뷔스, 저 여자를 안다고 했죠? 이리로 좀 올라오라고 해요. 우리 앞에서 춤추는 걸 구경해요. 당신이 구해준 여자니 거절하지 않을 거예요. 참 재미있을 거예요."

그러자 그녀의 친구들이 일제히 손뼉을 치며 맞장구쳤다.

"우와 신난다! 어서요."

페뷔스는 좀 머뭇거리는 것 같더니 발코니 난간 밖으로 몸을 내밀고 소리치기 시작했다.

"어이, 아가씨!"

그때 집시 여자는 탬버린을 치지 않고 있었기에 그 목소리를 들었다. 그녀는 소리 나는 쪽으로 고개를 돌렸다. 그녀의 반짝이는 시선이 페뷔스에게 가 닿는 순간 그녀는 그 자리에 얼어붙은 듯 꼼짝도 하지 않았다.

"아가씨, 이리 와봐요"라고 그가 말했다.

집시 여자는 꼼짝도 않고 있다가 갑자기 불에라도 덴 것처럼 얼굴이 새빨개졌다. 그녀는 탬버린을 옆구리에 끼더니 구경꾼들을 헤치고 페뷔스가 서 있는 집 쪽으로 다가왔다. 마치 뱀의 꼬임에 넘어간 한 마리 새처럼 비틀거리는 불안한 걸음걸이였다.

얼마 뒤 응접실 문이 열리고 집시 여자가 염소 잘리와 함께 나타났다. 그녀가 나타나자 젊은 여인들 사이에 묘한 일이 벌어졌다. 그녀가 너무나 미인이었기 때문이다. 그녀가 방에 나타난 순간 그녀만이 가진 특유의 빛을 쏟아내고 있는 것 같았다. 멀리서 보던 때와는 비교도 안 되게 아름다웠고 눈이 부셨다.

귀족 아가씨들은 삽시간에 망연해졌다. 그녀들은 동시에 한 마음이 되었다. 자기들보다 훨씬 아름다운 여성 앞에서 그보다 못한 여자들의 마음은 일치단결하게 되어 있는 법이다. 더욱이 멋진 남성이 옆에 있지 않은가! 그녀들은 집시 여자를 훑어보고 서로 마주 보며 눈길을 교환했다. 그것으로 모든 것이 결정되었다. 그녀들은 이심전심, 한 마음이 된 것이었다.

그녀들은 놀랄 만큼 쌀쌀하게 집시 여자를 맞았다. 집시 여자는 눈을 내리깔고 아무 말도 못 하고 있었다.

그때 중대장이 먼저 입을 열었다.

"야, 정말 미인인데요! 어때요, 아가씨들!" 그는 뻔뻔스럽고 노골적인 태도로 물었다.

집시 여자가 더욱 부끄러워하자 페뷔스가 다시 말했다.

"아가씨, 나를 기억해준다면 고맙겠는데……."

그제야 집시 여자가 입을 열었다.

"그럼요, 기억하고말고요."

"그런데 그날 왜 그렇게 갑자기 도망가버린 거지? 내가 무서웠나?"

"아, 아뇨! 절대 아니에요."

페뷔스가 집시 여자와 제법 친근하게 이야기를 나누는 것을 본 아가씨들은 샘이 꼴렸다. 그녀들은 그녀의 옷이 촌스럽다는 둥, 치마가 짧다는 둥 싸구려 장신구를 단 그녀를 헐뜯기 시작했다. 그녀를 불러서 춤추는 모습이라도 구경하며 즐기려던 애당초 생각은 싹 사라져버렸다.

그런데 그사이 예기치 않은 일이 벌어졌다. 집시 여자, 즉 에스메랄다를 처음 발견한 꼬마 아가씨가 염소를 데리고 놀다가 친해진 것이다. 염소 잘리의 목에는 주머니 하나가 매달려 있었다. 꼬마 아가씨는 호기심에 주머니를 열고 그 안에 들어 있는 것들을 바닥에 늘어놓았다. 그것들은 하나하나 알파벳이 새겨진 나뭇조각이었다.

글자 조각들이 바닥에 펼쳐지자 염소는 발로 그것들을 끌어당기거나 밀어서 낱말 하나를 만들어냈다. 그 낱말을 본 꼬마 아가씨는 놀라서 외쳤다.

"이것 보세요! 염소가 글씨를 썼어요!"

플뢰르 드 리스 양이 제일 먼저 달려와서 염소가 써놓은 글자를 보고 소스라치게 놀랐다. 바닥에 가지런히 놓인 글자는 'PHOEBUS'(페뷔스)였던 것이다.

그녀가 놀라서 물었다.

"정말로 이걸 염소가 썼단 말이니?"

"그렇다니까요."

그사이 모두 그쪽으로 와서 염소가 써놓은 글자를 보았다. 에스메랄다는 염소가 해놓은 짓을 보고는 무척 당황해서 얼굴이 새빨개졌다. 아가씨들이 경악한 표정을 지으며 속삭였다.

"페뷔스? 중대장님 이름이잖아!"

플뢰르 드 리스는 얼어붙은 듯 꼼짝 않고 있다가 두 손으로 얼굴을 가리더니 말했다.

"이, 이 여자는 마녀가 틀림없어요."

하지만 그녀는 마음속에서는 더욱 고통스러운 소리가 들려왔다.

'이 여자는 연적이야!'

그녀는 휘청거리며 곧 쓰러질 것 같았다. 그러자 그 모든 것을 다 보고 있던 부인이 외쳤다.

"어서 꺼지지 못할까! 이 요망한 집시 계집 같으니!"

에스메랄다는 그 글자들을 재빨리 주워 담은 다음 문 밖으로 나갔다. 그와 동시에 드 리스 양의 친구들과 어머니도 드

리스 양을 부축해서 다른 방으로 갔다.

홀로 남게 된 페뷔스 중대장은 잠시 망설이다가 집시 여자의 뒤를 따라갔다.

프롤로 부주교와 카지모도에게 벌어진 일

염소가 어떻게 페뷔스의 이름을 쓸 수 있었을까? 우리는 그 내막을 알기 위해 우리의 시선을 부주교로 옮겨보기로 하자. 그를 따라가다 보면 그 사연을 전해 들을 수 있을 것이다.

귀족 아가씨들이 본 대로, 노트르담 성당 탑 난간에 있던 사람은 클로드 프롤로 부주교였다. 광장을 내려다보는 그의 눈길에 어떤 뜻이 담겨 있었는지, 그 눈에서 이는 불꽃이 어디서 온 것인지 설명하기란 간단한 일이 아니다. 시선은 고정되어 있었지만 그 눈은 엄청난 혼란과 동요로 흔들리고 있었다.

춤추는 에스메랄다 주위로 수많은 사람들이 개미처럼 몰려 있었다. 그런데 한 사내가 프롤로 신부의 눈에 들어왔다. 군인용 외투를 입은 남자가 사람들이 가까이 오지 못하게 사람들을 정리하고는 그녀에게서 대여섯 걸음 떨어진 곳에서 염소 머리를 쓰다듬고 있었던 것이다.

'아니, 에스메랄다가 남자를 데리고 다녀?'

그는 에스메랄다와 함께 있는 그 사내가 누구인지 궁금해서 견딜 수 없었다. 그는 계단을 통해 아래로 내려갔다. 그런데 빠끔히 열린 종탑 문을 지나던 그에게 카지모도의 모습이 보였다. 카지모도는 슬레이트 차양 틈새로 광장을 내려다보고 있었다. 그는 무엇엔가 넋이 빠진 듯 양아버지가 지나가는 기척도 느끼지 못하고 있었다. 평소 짐승 같던 그의 눈이 온화한 빛을 띠고 있었으며 무엇엔가 홀린 것 같기도 했고 애정이 넘치는 것 같기도 했다.

'희한한 일도 다 있군. 녀석이 저런 모습을 보이다니.'

클로드 신부는 혼자 중얼거리며 계속 밑으로 내려갔다.

광장으로 내려가자 에스메랄다와 염소의 모습이 보이지 않았다. 우리가 알다시피 그녀는 그때 공들로리에 부인 집에 있었던 것이다. 대신 광장 공터에는 울긋불긋하게 치장한 군인용 외투를 입은 사내만 있었다. 그의 모습을 본 신부가 깜짝 놀라 외쳤다.

"아니, 자네 그랭구아르 아닌가? 대체 여기서 뭐하는 건가?"

깜짝 놀라기는 그랭구아르도 마찬가지였다. 그는 생각했다.

'스승님이 이 광장까지 내려오시다니, 무슨 일이지?'

부주교는 그를 성당 안으로 데리고 들어갔다. 성당 안으로 몇 걸음 들어선 뒤 부주교는 기둥에 몸을 기대고 그랭구아르를 뚫어지게 바라보며 물었다.

"이보게 그랭구아르군, 내게 해줄 이야기가 많겠군. 우선 지난 두어 달 동안 어디서 뭘 하고 지냈는지 한번 설명해보게. 그리고 도대체 그런 울긋불긋한 옷을 입고 길거리에서 무슨 짓을 하고 있는 건가?"

"부주교님, 이렇게 이상한 복장을 하고 거리에서 광대 짓하는 것보다 철학을 하고 시를 짓는 게 더 낫다는 것은 저도 잘 압니다. 하지만 어떻게 합니까? 먹고는 살아야 하는데 아름다운 제 시가 치즈 한 덩어리도 선사해주지 못하니 말입니다. 살기 위해서는 뭐든 해야 하는 것 아닙니까?"

신부는 잠자코 듣고 있었다. 그러다 갑자기 움푹 패인 눈을 들어 그를 뚫어져라 바라보았다. 마치 그랭구아르의 폐부를 찌르는 것 같은 눈빛이었다.

"그래, 그렇다고 치지. 그런데 그 집시 여자와는 어떻게 같이 있게 된 건가?"

"저, 그게……. 실은 그 여자는 제 아내이고 제가 그 여자의 남편이기 때문입니다."

그 말이 떨어지기가 무섭게 신부의 눈에서 불꽃이 일었다.

"뭐야? 그런 파렴치한 짓을! 그래, 그 집시 여자와 잠자리를 같이 했다는 거냐! 하느님께서 너를 그렇게 저버리셨단 말이냐!"

부주교는 격분해서 그의 팔을 움켜잡았다.

그랭구아르는 몸을 부들부들 떨면서 대답했다.

"아닙니다요, 신부님! 하늘에 맹세코 그녀의 손가락 하나 건드리지 않았습니다."

"그럼 남편이니 아내니 하는 건 도대체 무슨 소리야?"

그랭구아르는 허겁지겁 그간 벌어진 일을 이야기해주었다. 기적의 궁전에서 죽다가 살아난 일, 그녀와 결혼하게 된 일 등을 이야기해준 다음 덧붙였다.

"그녀는 남자가 가까이만 가면 비수를 빼어 듭니다. 기적의 궁전에서 부부로 정해주었을 뿐 그저 남매처럼 지내고 있습니다."

신부는 그랭구아르에게 이것저것 끈질기게 질문을 퍼부었다. 그랭구아르는 그녀와 함께 지내면서 알게 된 사실들을 신부에게 모두 이야기해주었다.

그녀가 아주 어렸을 때 헝가리를 거쳐 프랑스에 왔다는 것, 그녀는 목에 부적을 걸고 있는데 그것이 부모를 찾을 수 있게 해줄 것이며 그녀가 처녀성을 잃으면 부적의 효력이 사라진다고 그녀가 믿고 있다는 것을 이야기해주었다. 또한 그녀는 모든 사람들의 사랑을 받고 있지만 단 두 명이 그녀를 몹시 미워해서 그 두 명 이야기를 할 때마다 그녀는 무서움에 질린다는 것, 그 두 명 중 한 명은 자루 수녀로서 그녀가 채광창 앞을 지날 때마다 저주의 말을 퍼붓는다는 것, 또 한 명은 누군지 알 수 없는 신부로서 그녀를 볼 때마다 매서운 눈초리로 고함을 질러대는 통에 그녀가 두려움을 느끼고 있다는 것 등을 소상히 이야기해주었다.

그런데 그녀가 데리고 다니는 염소 이야기를 하다가 그랭구아르의 입에서 또 한 가지 비밀 이야기가 나오고 말았다. 바로 염소가 페뷔스의 이름을 쓰게 된 사연이었다.

그랭구아르는 그녀가 염소 잘리를 무척 사랑해서 그에게 많은 것을 가르쳤는데 잘리는 너무 영리해서 쉽게 모든 것을 배운다고 말한 후 이렇게 덧붙였다.

"글쎄, 신부님 '페뷔스'라는 이름을 쓰게 하는 데 채 두 달도 걸리지 않았습니다요."

"페뷔스라고? 왜 그 이름을 쓰라고 가르쳤지?"

"글쎄요, 저도 모르겠는데요. 무슨 신비한 힘을 가진 이름인가보지요? 그녀는 혼자 있을 때면 종종 그 이름을 중얼거리곤 했거든요."

신부는 잠시 고개를 갸우뚱했다. 그러더니 그랭구아르에게 다짐하듯 말했다.

"자네 정말 그녀를 건드리지 않았다고 하느님께 맹세할 수 있지? 그렇다면 아직 타락하지는 않았군. 만일 자네가 그녀를 건드렸다가는 자넨 하루아침에 마왕의 신하가 되는 거야. 알겠지?"

그랭구아르는 자기와 에스메랄다의 관계에 신부가 이토록

깊은 관심을 갖는 게 좀 의아하기는 했지만 더 이상 묻지 않았다. 신부는 그런 그를 어깨로 확 밀치고는 성큼성큼 성당 안으로 들어가버렸다.

카지모도가 그레브 광장에서 형벌을 받은 후, 사람들은 노트르담 성당 종소리가 울릴 때마다 그 소리가 예전과 같지 않음을 느낄 수 있었다. 열정이 눈에 띄게 확 줄어든 것이다. 종은 겨우 축제나 장례식 때만 울렸고 그것도 의식에 필요한 정도로 단순하고 여운이 없게 울릴 뿐이었다. 마치 노트르담 성당의 종지기가 사라진 것 같았다. 한동안 그런 일이 계속되었다.

그렇다면 카지모도에게 무슨 변화가 생긴 것일까? 그가 받은 공개 처벌이 그에게 그토록 큰 수치심과 상처를 남겼던 것일까? 짐승만도 못한 대접을 받은 것이 앙금으로 남아 종에 대한 열정도 식어버린 것일까? 그도 아니라면 그가 그토록 사랑하던 종들을 저버릴 만큼 그 무언가 더 사랑스럽고 아름다운 것이 그의 마음속에 자리 잡게 된 것일까?

1482년 3월 25일, 그날은 성모영보축일이었다. 공기는 맑고 산뜻했다. 카지모도의 가슴에 홀연 종들을 향한 애정이 되살아났다. 그는 곧장 아래쪽 성당의 문을 활짝 열어놓고 북쪽 탑으로 갔다. 종들이 매달려 있는 높은 곳에 이르자 그는 종들을 바라보았다. 마치 자신과 종들 사이에 그 무언가가 끼어든 것을 슬퍼하는 것 같은 표정이었다. 그는 종을 치기 시작했다. 그가 종을 울리자 그것은 마치 종들이 음계 사이를 새처럼 퍼덕거리며 뛰어다니는 것 같았다. 그는 또다시 행복해져서 모든 것을 잊어버렸고 그의 얼굴은 기쁨으로 활짝 피어나는 것 같았다. 카지모도는 어린아이처럼 이리저리 왔다갔다 하며 손뼉을 치고 마치 오케스트라 지휘자처럼 종들을 격려했다.

그때였다. 갑자기 그의 눈길이 그 무엇엔가 이끌렸다. 그의 시선이 문득 밖을 향했을 때 독특한 차림새의 여자가 광장에 서 있는 것이 보였다. 그녀는 걸음을 멈추고 바닥에 양탄자를 깔았다. 그 위로 새끼 염소가 올라서자 사람들이 하나둘 주변으로 몰려들었다.

그 광경을 본 순간 카지모도는 그대로 얼어붙어버렸다. 그는 종들에게서 등을 돌린 채 슬레이트 차양 뒤에 웅크리고 앉아 밖을 내다보았다. 부주교를 놀라게 했던 바로 그 시선, 꿈꾸는 듯 부드럽고 따스한 눈길로 그는 그녀를 바라보고 있었다. 종들은 영문도 모른 채 다시 버림받은 신세가 되어 울음을 멈추었다. 오랜만에 기쁜 마음으로 낭랑한 종소리를 흐뭇하게 듣던 사람들은 어리둥절한 채 자리를 떴다.

숙명

　　　　　　역시 3월의 화창한 어느 봄날이었다.
아마 3월 29일이었을 것이다.

　그날 아침 장 프롤로는 옷을 입다가 지갑이 텅 빈 것을 발
견했다. 그는 서글픈 얼굴로 옷을 입었다. 그는 과감하게 형님
을 찾아가기로 결심했다.

　'도리가 없잖아. 설교를 좀 듣긴 하겠지만 적어도 몇 프랑
정도는 얻어낼 수 있겠지.'

　그는 서둘러 외투를 입고 자포자기의 심정으로 밖으로 나
섰다. 그는 프티 다리를 건너 뇌브 생트주느비에브 거리를 통
과하여 곧장 노트르담 성당 앞에 이르렀다. 그는 한참을 망설

이며 서성이다가 마침 수도원에서 나오는 성당지기 한 사람을 붙잡고 물었다.

"부주교님 어디 계신지 아시나요?"

"아마 탑에 있는 작은 방에 계실 겁니다. 어지간하면 찾아가시지 않는 게 좋을 겁니다. 교황님이 오셨다면 모를까. 거기 계실 때는 아무도 만나지 않으시니까요."

그의 대답에 호기심 많은 장은 오히려 쾌재를 불렀다.

'옳거니, 유명한 마법의 방을 엿볼 수 있는 절호의 기회야!'

그는 마음을 단단히 먹고 종탑으로 향하는 계단을 오르기 시작했다. 끝도 없이 이어져 있는 나선형 계단을 오르면서 그는 속으로 악마의 이름을 수없이 외치며 욕설을 해댔다. 마침내 그는 둥근 천장 아래 뾰족 아치 모양의 작은 문 앞에 도달했다. 자물통에 열쇠가 꽂힌 채 문은 빠끔히 열려 있었다. 그는 살며시 문을 밀고 그 틈으로 머리를 조금 들이밀었다.

여러분은 렘브란트의 유명한 그림 중에 파우스트를 그린 것으로 짐작되는 동판화를 본 적이 있는가? 꼭 그 방과 같았다. 그림 속의 어두컴컴한 독방 한가운데는 죽은 사람의 해골과 증류기, 컴퍼스, 그리고 상형문자가 적힌 양피지 등 괴상하기 짝이 없는 물건들이 잔뜩 널려 있는 책상이 있다. 파우스트는 커다란 망토를 걸친 채 눈썹까지 털모자를 덮어 쓰고 그 앞에 앉아 있다. 두려움을 느끼게 하면서 묘하게 아름다운 동판화이다.

장이 살짝 열린 틈으로 머리를 디밀었을 때 그의 눈앞에는 파우스트 박사의 독방과 비슷한 광경이 펼쳐져 있었다. 그 방 역시 햇빛이 들지 않아 어두컴컴했다. 안락의자와 책상도 있었고 컴퍼스와 증류기는 물론이고 천장에는 동물의 해골까지 주렁주렁 매달려 있었다. 그리고 책상 앞에 등을 돌린 채 대머리 사나이가 앉아 있었다. 형님이 틀림없었다.

그는 속으로 생각했다.

'젠장, 형님이 마법사 맞잖아. 그놈의 연금술사들이 하던 것과 똑같은 짓을 하고 있네.'

그는 부주교가 눈치채지 못하게 슬그머니 방 안으로 들어섰다. 방 안을 둘러보니 연금술사들이 그랬듯이 벽면을 따라 빙 둘러가며 알 수 없는 글자들이 수없이 새겨져 있었다. 장이 몰래 방을 둘러보는 동안 방의 주인은 이상야릇한 그림을 책상 앞에 놓고 명상에 빠져 있었다. 무언가 자신을 끊임없이 괴롭히는 생각과 싸우고 있는 것 같았다.

어느 순간 그는 책상 위에 있는 못과 작은 망치를 집어 들었다. 망치 손잡이에는 신비철학의 글귀들이 새겨져 있었다. 신부는 중얼거렸다. 마치 무언가에 홀린 것 같았다.

"얼마 전부터 모든 실험에서 실패하고 있어. 고정관념 때문이야. 두뇌도 시들어가고 있어. 그래, 나는 내 손에 마술 망치를 쥐고 있어. 이 못이, 이 망치가 유죄를 선고한 자는 아무리 멀리 떨어져 있는 자라고 해도 그 벌을 면할 수 없어! 그래, 한 번 해보는 거야! 그래 주문을 외자. 이 못이 페뷔스라는 자를 무덤으로 이끄는 길을 열어주도록!"

그러더니 그는 화가 치미는지 망치를 냅다 집어던졌다. 그러고는 안락의자에 털썩 몸을 던졌다. 얼마 후 클로드 신부는 몸을 벌떡 일으키더니 컴퍼스를 집어 들고 말없이 벽에 글자를 새겼다. 그리스어였다.

'ΑΝΓΚΗ

'형이 결국 미쳐버렸구나'라고 장은 생각했다.

부주교는 다시 안락의자로 가서 앉았다. 그리고 아까처럼 죽은 듯이 가만히 있었다. 장은 자신이 그런 형의 모습을 지켜보지 못한 척하는 게 유리하다고 판단하고는 살금살금 문 뒤로 간 다음 막 지금 도착한 것처럼 발소리를 냈다.

그날 형과 동생 사이에 오간 대화는 독자 여러분에게 소개하지 않으련다. 형님의 끊임없는 훈계와 동생의 구걸, 형님의 단호한 거부와 이어진 동생의 앓는 소리는 독자 여러분이 충분히 그려볼 수 있을 것이다.

결국 홧김에 형이 동생에게 지갑을 통째로 던졌고 장은 두둑하게 돈을 챙길 수 있었다.

숙명의 그날에 벌어진 일

"하느님, 감사합니다. 주를 찬양하나이다!" 장은 성당에서 나오며 소리쳤다.

그는 기분이 좋아 어쩔 줄 몰라하며 무슨 보물 상자 열듯 지갑을 열고 안을 들여다보았다. 두둑하게 돈이 들어 있었다.

장이 밖으로 나오자 곧이어 클로드 부주교도 성당 밖으로 나왔다. 그의 제자이기도 한 종교 재판소 국왕검사 자크 샤르몰뤼를 만나기 위해서였다. 부주교는 그와 무슨 은밀한 이야기를 나누는 것 같았다.

장은 그러거나 말거나 흥겹게 발걸음을 옮기기 시작했다. 그가 거리로 나섰을 때 장의 뒤에서 섬뜩한 욕지거리가 들리기 시작했다.

"예라 이 빌어먹을! 제기랄! 젠장! 망할! 염병할! 벼락이나 맞아라! 똥이나 처먹어라!"

"아니, 이거 내 친구 페뷔스 중대장 목소리잖아!"

장은 목소리가 컸다. 그의 입에서 나온 '페뷔스'라는 이름은 지방 검사에게 성당 앞에 있는 조각상의 용머리에 대해 설명하고 있던 부주교의 귀에도 들렸다. 신부가 뒤를 돌아다보니 동생인 장이 공들로리에의 집 문 앞에 있는 키 큰 장교에게 뭐라고 말하며 다가서고 있었다.

"어이고, 중대장 나리! 욕설이 너무 심하신데. 무슨 일이 있는가?"

"요조숙녀인 척하는 저 여자 집에서 나올 때마다 욕지거리가 나와서 견딜 수가 없어."

그는 약혼자인 공들로리에 양의 집에서 얼마간 지내다가 나오는 길이었다. 그에게 장이 제안했다.

"어때? 술이나 한잔하러 갈까?"

"술? 돈 있어?"

"돈 걱정은 말라고."

장은 지갑을 툭툭 건드리며 큰소리를 쳤다. 둘은 어느 술집으로 갈까 옥신각신하더니 결국 합의를 보고 걸음을 옮기기 시작했다.

검사와 헤어진 부주교는 어둡고 무서운 표정으로 그들 뒤를 따르고 있었다. 그랭구아르를 만난 뒤로 '페뷔스'라는 이름은 온통 그를 사로잡고 있었다. 저 청년이 바로 그 페뷔스일까? 확실하지는 않았지만 어쨌든 그들 이야기를 엿듣고 싶었다. 그들의 말을 엿듣는 건 너무 쉬웠다. 지나가는 사람들이 다 들을 정도로 큰 소리로 떠들어댔기 때문이다.

어느 길모퉁이를 막 돌아설 즈음 멀지 않은 곳에서 경쾌한 탬버린 소리가 들려왔다. 그러자 페뷔스가 장에게 하는 말소리가 들려왔다.

"자네, 새끼 염소 데리고 다니는 집시 계집 알지?"

"에스메랄다 말이로군."

그때 페뷔스가 히죽거리며 장의 귀에 대고 무슨 말인가 속삭이는 것을 부주교는 볼 수 있었다. 그는 어깨를 으쓱거렸다.

"오호, 그게 정말이야?"라고 장이 물었다.

"그럼 정말이지!"

"오늘 밤에?"

"그래, 바로 오늘 밤이야."

"정말로 그 여자가 온다고?"

"당연하지. 나한테 홀딱 빠져 있는데……."

"야, 넌 정말 복도 많은 친구야!"

그들의 대화를 엿들은 부주교는 온몸을 덜덜 떨기 시작했다. 몸을 제대로 가누기 힘들었다. 그는 간신히 정신을 차리고 두 사람 뒤를 밟기 시작했다.

그들은 대학가 거리 모퉁이에 있었다. 어둠이 내려 있어 거리는 어두컴컴했다. 그들이 술집으로 들어가자 부주교는 밖에서 망토를 뒤집어쓰고 유리창 안을 기웃거렸다. 그는 그들 뒤를 따라오다가 자신의 모습을 감출 생각에 급히 검은색 망토를 하나 산 것이었다.

얼마 후 둘이 술집에서 나왔다. 둘 다 거나하게 취해 있었다. 페뷔스가 장에게 말했다.

"이봐, 이만 가보라고! 약속한 7시가 다 되어간다고! 난 여자를 만나러 가야 한단 말이야."

술에 취한 장은 비틀비틀하며 제 갈 길을 갔고 페뷔스는 뒤돌아 걷기 시작했다. 망토를 두른 사나이, 그러니까 우리의 부주교는 그의 뒤를 밟기 시작했다.

그렇게 얼마를 걸었을까, 인적이 완전히 끊어진 거리에 이르자 부주교는 페뷔스를 따라잡고 그의 앞을 막아섰다. 망토를 둘러 쓴 수상한 사나이가 제 앞길을 막아서자 페뷔스가 침착하게 말했다. 실은 누군가 자신의 뒤를 밟는다는 것을 이미 눈치 채고 마음의 준비를 하고 있었던 것이다.

"이보시오, 당신 도둑인 모양인데 혹시 내 주머니를 노리고 있었다면 잘못한 거요. 내 호주머니는 텅텅 비어 있소."

순간 망토의 사나이가 그의 팔을 잡더니 낮은 목소리로 말했다.

"페뷔스 드 샤토페르 중대장!"

"아니, 당신 누군데 내 이름을 알고 있소?"

"이름만 아는 게 아니지. 7시에 여자를 만나기로 했지?"

"그걸 어떻게 아시오?"

"그 여자 이름이 뭐지?"

페뷔스는 '뭐 이런 놈이 있나?'라고 생각하며 어깨를 펴고 당당하게 말했다.

"에스메랄다다! 왜?"

"페뷔스 중대장, 거짓말하지 마시오!"

'거짓말쟁이'라는 말은 당시 아주 모욕적인 욕이었다. 그런 명예롭지 못한 단어가 입 밖에 나오자 페뷔스는 분노가 치밀었다. 생전 처음 본 놈이 자신을 그렇게 모욕하다니! 그는 허리에 차고 있던 칼로 손을 가져갔다.

그러자 유령 같은 사나이가 말했다.

"이럴 시간이 없을 텐데. 밀회 약속을 잊었나? 결투는 나중에 하기로 하고 밀회 장소로나 가보시지."

페뷔스와 같은 남자들의 흥분은 우유 수프 같은 것이어서 찬물 한 방울이면 끓어오르다가도 단번에 식어버린다.

"거참 싱거운 사람이로군."

그러더니 그는 혼잣말로 중얼거렸다.

'그나저나 이 할망구가 외상을 주기나 하려나. 지금 돈이 없으니.'

"돈? 여기 있소."

낯선 사나이는 페뷔스의 손에 금화 한 닢을 쥐어주었다.

"아이고 고맙소. 내가 잘못 생각했네. 당신 알고 보니 좋은 사람이구려."

"그 대신 조건이 하나 있소. 당신 말이 옳다는 걸 내게 증명해 주시오. 그 여자의 이름이 진짜 에스메랄다인지 아닌지 확인할 수 있도록 한구석에 나를 숨겨주시오. 그래야 거짓말쟁이라는 말을 거두어들이겠소."

"좋을 대로 하시구려. 난 상관없으니까. 생트 마르트에 방을 잡을 테니 당신은 그 옆에 숨어서 마음대로 하시구려."

페뷔스는 그저 이상한 놈을 만났다고 생각했을 뿐 선선히 그의 요구를 받아주었다.

둘은 함께 길을 걸었다. 페뷔스는 생 미셸 다리를 건너더니 어느 낮은 집 문 앞에서 걸음을 멈추고 거칠게 문을 두드렸다. 문이 열리더니 호롱불을 든 노파가 몸을 떨며 나타났다. 그는 "방을 하나 줘"라고 말하며 노파에게 돈을 건네주었다.

노파는 그를 귀족처럼 대접하며 그 돈을 서랍에 넣었다. 물론 그 돈은 부주교가 페뷔스에게 준 돈이었다. 노파가 서랍에 돈을 넣고 등을 돌렸을 때였다. 넝마를 입은 아이가 재빨리 나타나 그 금화를 움켜쥐더니 그 안에 가랑잎 하나를 넣어놓았다.

노파는 그들을 위로 안내했다. 사다리를 오르자 페뷔스가 동행인에게 말했다.

"이리로 들어가시오."

망토의 사나이는 그가 가리키는 곳으로 들어갔다. 이어서 문이 닫혔다. 그는 페뷔스가 노파와 함께 아래로 내려가는 소리를 들었다. 페뷔스는 에스메랄다와 약속한 장소로 가려는 모양이었다.

부주교는 그 방에서 15분 정도 기다렸다. 마치 100년 정도의 세월이 흐른 것 같았다. 그때 갑자기 나무계단이 삐걱거리는 소리가 들리며 인기척이 느껴졌다. 그가 웅크리고 앉은 다락방의 벌레 먹은 문에 큼지막한 틈새가 있어 옆방에서 일어나는 일을 샅샅이 엿볼 수 있었다.

먼저 고양이 얼굴을 한 노파가 들어오고 이어서 콧수염을 말아 올린 페뷔스가 들어섰으며 마지막으로 아름답고 예쁜 에스메랄다가 들어섰다. 클로드 신부는 부들부들 몸을 떨었다. 아무것도 보이지 않았고 아무것도 들리지 않았다.

그가 다시 정신을 차렸을 때는 페뷔스와 에스메랄다 둘이

서 등불 옆 궤짝 위에 앉아 있었다. 두 사람의 얼굴과 저 안쪽의 초라한 침대가 부주교의 눈에 들어왔다.

처녀는 붉게 상기된 얼굴로 어쩔 줄 몰라하고 있었다. 그녀는 감히 장교를 쳐다보지도 못하고 있었다. 반면 장교의 얼굴은 밝게 빛나고 있었다. 그의 차림새는 아주 멋졌다.

처녀가 장교에게 말했다.

"저를 상스러운 여자라고 경멸하시겠지요? 제가 당신 뒤를 쫓아다녔으니까요."

"아가씨 그런 말 마오. 나는 당신을 경멸하는 것이 아니라 미워하고 있소."

에스메랄다가 깜짝 놀란 표정을 지었다.

"저를 미워하시다니요? 제가 뭘 잘못했나요?"

"그대가 나를 애타게 만들기 때문이오."

"그건, 그렇지 않으면……. 영영 제 부모님을 만날 수 없기 때문이었어요. 그렇게 되면 제가 가진 부적이 효력을 잃게 되요. 아아, 장교님, 전 장교님을 사랑해요."

그 말에 용기를 얻은 페뷔스가 그녀의 허리에 팔을 감았다. 그 광경을 보고 부주교는 품 안의 비수를 어루만졌다.

집시 여자는 허리를 두르고 있던 중대장의 팔을 부드럽게 풀어내면서 말했다.

"페뷔스, 당신은 좋은 분이세요. 저처럼 보잘것없는 계집의 목숨을 구해주셨잖아요. 당신은 언제나 제가 꿈꾸어오던 모습이었어요. 제가 그려오던 분은 당신처럼 제복을 입고 긴 칼을 찬 늠름한 분이었어요."

몸이 달아오른 페뷔스는 그녀에게 무릎을 꿇고 말했다.

"오, 나의 천사! 나는 그대를 정말 사랑하오. 내 몸도, 피도, 내 마음도 모두 당신 거야! 모든 게 당신을 위해 존재하는 거야! 당신을 사랑해! 지금까지 당신 말고는 사랑해본 적이 없어."

하도 여러 번 되풀이했던 말이었기에 조금도 막히지 않고 술술 나왔다. 그 말을 들은 집시 여자는 마치 천국에라도 온 것처럼 행복 가득한 눈빛으로 허공을 우러러보았다.

페뷔스는 기회를 잡은 듯, "당신과 함께라면 죽어도 좋아!"라고 속삭이며 다시 그녀의 옆에 앉았다. 그러고는 "당신을 행복하게 해주겠어"라고 말하며 슬그머니 여자의 허리띠를 풀었다.

"어머, 뭘 하시는 거예요?"

그녀는 깜짝 놀란 듯이 강한 어조로 말했다.

"아무것도 아니오. 다만 우리가 함께 있을 때만큼이라도 거 추장스러운 옷차림은 벗어던져야 한다고 생각했을 뿐이오."

"우리가 함께 있을 때라고 하셨나요, 페뷔스?"

그녀는 다소곳이 말하고는 다시 얌전해졌다.

중대장은 그녀의 다소곳한 태도에 용기를 얻어 다시 허리를 살짝 안아보았다. 그녀는 더 이상 저항하지 않았다. 이어서 그는 처녀의 윗저고리 끈을 살며시 풀기 시작했다. 어둠 속에서 숨을 헐떡이며 지켜보고 있던 신부는 침을 삼켰다. 그는 지평선 안개 속에서 달덩이가 솟아오르듯 그녀의 포동포동하고 아름다운 어깨가 서서히 드러나는 것을 지켜보고 있었다.

그녀는 페뷔스가 하는 대로 가만히 있었다. 그녀는 중대장의 눈빛이 욕정으로 번들거리는 것을 눈치채지 못한 것 같았다.

갑자기 그녀가 그를 돌아보며 물었다.

"페뷔스, 당신의 종교는 뭐예요?"

"내 종교? 지금 종교 얘긴 왜?"

"우리가 결혼하려면 종교가 같아야 하잖아요."

중대장의 얼굴에는 놀라움과 어이없음, 태연스러움이 뒤섞인 표정이 나타났으며 그 표정이 불타는 욕정과 어울려 아주 복잡해졌다.

"결혼? 그런 미친 짓이 그렇게 중요한가?"

그는 날쌘 동작으로 처녀의 코르셋 장식을 벗겨버렸다. 생각에 젖어 있던 가엾은 처녀는 소스라치게 놀라며 사납게 달려드는 사내로부터 얼른 떨어져 나왔다. 그녀는 발가벗겨진 자신의 목과 어깨를 내려다보고는 부끄러움으로 얼굴이 빨개졌다. 그녀는 고운 두 팔로 가슴을 감싸 안았다.

그때 중대장은 그녀의 목에 걸려 있는 부적을 보았다.

"그건 뭐지?" 하며 그는 핑계라도 찾은 듯 다시 그녀의 곁으로 다가갔다.

그러자 그녀가 강한 어조로 말했다.

"손대지 말아요! 이건 제 수호신이에요. 제가 순결을 지키고 있으면 언젠가 아버지나 어머니를 만나게 해줄 부적이라고요. 저를 그만 놓아주세요, 네? 중대장님! 아아, 어머니! 어디 계세요! 저를 도와주세요!"

"그렇군, 아가씨는 나를 사랑하지 않는 모양이군!"

"네? 당신을 사랑하지 않는다고요?"

가엾은 아가씨는 중대장에게 매달리다시피 하며 자기 옆에 앉혔다.

"당신을 사랑하지 않는다니, 그게 무슨 말씀이세요? 너무 해요. 제 가슴이 찢어질 것 같아요. 그래요, 다 가지세요. 부적 따위 무슨 소용 있어요. 당신이 제게 곧 어머니예요. 당신을 그만큼 사랑하니까요. 그래요, 결혼은 바라지도 않겠어요. 당신의 애인이 되는 것으로 족해요."

그녀는 페뷔스의 목을 두 팔로 감고서 애원하듯 아름다운 미소를 지으며, 눈물 그렁한 눈으로 그를 바라보았다. 중대장은 취한 듯 자신의 불타는 입술을 아름다운 반 벌거숭이 어깨에 바싹 붙였다. 아가씨는 고개를 뒤로 젖힌 채 멍하니 허공을 바라보며 그 입맞춤 아래서 몸을 가늘게 떨고 있었다.

그때 페뷔스의 머리 위로 또 하나의 머리가 나타났다. 창백하고 비장한 얼굴이었다. 그는 부들부들 떨고 있었고 저주받은 자의 눈빛을 하고 있었다. 얼굴 옆에 쳐든 그의 손에는 날카로운 비수가 들려 있었다.

바로 부주교의 얼굴과 손이었다. 보다 못한 그가 문을 부수고 뛰어 들어온 것이다. 욕정에 정신이 팔린 페뷔스는 그의 얼굴을 보지 못하고 있었다. 그 얼굴을 본 처녀는 너무 놀라 얼어붙은 듯 꼼짝 못했고 소리도 지르지 못했다.

그녀의 눈에 칼이 페뷔스의 머리에서 아래로 내려갔다가 김을 뿜으며 다시 올라가는 것이 보였다. 중대장은 "으악!" 하는 비명을 지르며 그대로 쓰러졌다.

그녀도 정신을 잃었다. 그녀가 눈을 감았을 때, 아니 차라리 모든 감각이 사라졌을 때 그녀는 자기 입술 위에 무언가 뜨거운 것이 닿는 것을 느꼈다. 빨갛게 달군 쇠보다도 더 뜨겁게 불타오르는 입맞춤이었다.

그녀가 겨우 정신을 차렸을 때 그녀는 야경 군인들에게 둘러싸여 있었다. 피투성이가 된 페뷔스는 어디론가 옮겨졌고 신부도 이미 자취를 감춘 뒤였다. 강 쪽으로 난 창문이 열려 있었다.

방에서 망토 하나가 발견되었고 주위에서 사람들이 떠드는 소리가 그녀의 귀에 들려왔다.

"중대장을 찌른 건 마녀가 분명해. 저건 마녀가 쓰고 다니는 망토야!"

제4부

163

제 5 부

가랑잎으로 둔갑한 금화

그랭구아르와 '기적의 궁전' 사람들은 모두 걱정에 휩싸여 있었다. 한 달이 다 되도록 에스메랄다의 소식을 들을 수 없었기 때문이다. 이집트 공작 등, 모든 친구들이 슬픔에 잠겼으며 그랭구아르는 그녀와 염소의 행방을 알 수 없어 상심해 있었다. 어느 날 밤 말도 없이 사라진 집시 여자는 그 뒤로 아무 소식도 없었으며 갈 만한 곳은 다 뒤져보았지만 헛수고였다. 깊은 실의에 빠진 그랭구아르에게 그날 저녁 에스메랄다가 어떤 장교와 함께 걸어가는 모습을 생 미셸 다리 근처에서 보았다고 말해준 자들도 있었지만 그는 콧방귀를 뀌었다. 그랭구아르는 남의 말을 곧이곧대로 믿지 않는 철학자일뿐더러, 자기 아내의 순결을 굳게 믿고 있었기 때문이다.

어느 날 그는 기운 없이 파리 형사 재판소 앞을 지나고 있었다. 사람들이 파리 재판소 앞에 모여 웅성거리고 있었다.

"무슨 일이 있습니까?" 그는 그에서 만난 한 청년에게 그가 물었다.

"나도 잘 모르겠는데 어떤 근위대장을 살해한 여자를 재판한다나봐요. 이 사건에 마법이 관련되어 있는 것 같아서 주교와 종교재판관도 참여하나봐요. 그래서 제 형님인 부주교도 여기 나와 있지요. 형님에게 돈을 좀 얻어야 되는데 만나볼 수가 없으니, 원."

말을 마친 청년은 제 갈 길을 갔다. 그랭구아르는 사람들에게 섞여 대법정으로 통하는 계단을 오르기 시작했다. 기분이 울적하니 재판을 구경하며 기분전환이나 해보자는 생각에서였다.

넓은 재판정은 어두컴컴해서 더 크게 보였다. 이미 해가 지기 시작한 시각이었다. 커다란 창문으로 푸르스름한 빛이 스며들고 있었지만 둥근 천장까지는 이르지 못했다. 여러 개의 촛불이 여기저기 켜져 있어 서류 더미에 파묻혀 있는 서기들의 머리를 비추고 있었다.

재판정 앞쪽 높은 자리에는 여러 재판관들이 앉아 있었다. '무슨 재판이기에 저렇게 위엄 있는 재판관들이 많지?'라고 그는 속으로 중얼거렸다.

그랭구아르는 옆 사람에게 물었다.

"누구 재판을 하는 겁니까? 피고는 보이지 않는데요."

"여자라고 하더군요."

"혹시 누군지 아십니까?"

"나도 지금 와서 모릅니다. 종교재판소 국왕 검사 자크 샤르몰뤼까지 나와 있는 걸 보면 마법과 관련된 것 같긴 한데……."

그때 주위 사람들이 두 사람에게 조용히 하라고 주의를 주었다. 막 증언이 시작되고 있었던 것이다.

앞을 보니 재판정 한복판에서 누더기를 걸친 노파가 이야기를 하고 있었다.

"나리들, 저는 생 미셸 다리 위에서 40년간 살고 있습니다. 세금도 꼬박꼬박 내고 있는 선량한 늙은이지요. 저는 밤이면 물레질을 한답니다. 입에 풀칠을 해야 하니까요.

그날 밤도 저는 물레질을 하고 있었지요. 그런데 누가 문을 두드리더군요. 밖으로 나가보니 남자 둘이 서 있었어요. 한 사람은 검정 망토를 두르고 있어 눈만 빠끔히 보였고 다른 한 사람은 늠름한 장교였지요. 저는 위층에 있는 방으로 그 사람들을 안내했습니다. 우리 집에서 제일 깨끗한 방이지요. 장교님은 방값으로 금화 한 닢을 주었어요. 저는 그걸 받아서 서랍 속에 잘 넣어두었습지요. 저는 그분들을 모시고 위층으로 올라갔어요. 그런데 방을 보여주고 있는 사이 그 망토를 입은 사람은 어디론가 없어졌어요.

장교님은 곧 밖으로 나갔다 얼마 뒤 예쁘장한 처녀와 함께 돌아오더군요. 처녀는 염소 한 마리도 데리고 왔어요. 저는 장교님과 여자를 위층으로 보낸 뒤 다시 물레질을 시작했어요.

그런데 얼마 뒤 우당탕하는 소리가 나는 거예요. 그리고 창문이 열리는 소리도 들었어요. 그때 제 방 창을 통해 뭔지 모르지만 시커먼 물체가 2층 방에서 물속으로 떨어지는 게 보였어요. 그건 틀림없이 신부 옷을 입은 유령이었어요. 달이 밝아서 모두 보았답니다. 시테 쪽으로 헤엄쳐 가더군요.

저는 무서워서 덜덜 떨면서 야경대원을 불렀어요. 열두명

쯤 되려나, 아무튼 대원들이 들어왔고 저는 함께 위층으로 올라갔지요. 아아, 정말 무서웠어요. 방 한쪽은 피바다였고 장교님은 목에 칼을 찔려 엎어져 있었지요. 여자는 죽은 척하고 있고 염소도 무서웠는지 옆에서 바들바들 떨고 있더군요. 야경대원들이 죽은 장교님을 옮겼어요. 처녀는 가슴이 훤히 드러나 있었지요. 참, 다음 날 어이가 없던 일이 벌어진 것도 말씀드려야겠네요. 제가 장을 보러 가려고 서랍을 열어보니 아, 글쎄 누군가 내 금화를 훔쳐간 거예요. 서랍엔 달랑 가랑잎 하나가 뒹굴고 있더라니까요!"

노파가 입을 다물자 청중들이 공포에 사로잡힌 듯 웅성거렸다.

"팔루르델 할멈, 더 할 얘기 없소?"라고 재판장이 잔뜩 위엄 있는 투로 말했다.

"예, 제가 아는 건 다 말씀드렸습니다요."

그러자 악어처럼 생긴 법관이 일어나서 말했다.

"그렇다면 당신은 금화가 둔갑해버린 그 가랑잎을 가지고 왔소?"

"예, 그럼요. 이게 바로 그겁니다."

서기가 노파에게서 가랑잎을 받아 악어에게 전달하자 악어는 심각한 얼굴로 고개를 끄덕이더니 그것을 재판장에게 전했다. 재판장은 진지하게 가랑잎을 살펴보더니 종교재판소 국왕 검사에게 전했다. 가랑잎을 받은 자크 샤르몰뤼 검사가 말했다.

"이건 자작나무 이파리인데? 마법의 새로운 증거가 되겠군."

그때 판사 중 한 명이 노파에게 물었다.

"증인, 당신은 검은 옷을 입은 남자가 함께 위층으로 올라갔다고 했지요. 처음에는 그 사람이 갑자기 사라졌다고 했고, 나중에는 신부 옷을 입은 사람이 센강을 헤엄쳐 갔다고 했소. 그럼 당신에게 돈을 준 사람은 누구요?"

"그건 장교님이었습니다요."

다시 사람들이 웅성거렸다. 그러자 국왕 특별 변호사 필리프 루이에가 나서서 말했다.

"그건 제가 말씀드리지요. 그 장교가 병상에서 진술한 바에 따르면 그 돈은 그 검은 옷을 입은 남자가 준 겁니다. 그 금화는 틀림없이 지옥의 화폐임을 단언하는 바입니다."

그의 말에 방청객들의 의혹이 풀렸다. 그가 덧붙였다.

"여러분 앞에 놓인 서류를 보시고 페뷔스 드 샤토페르의 진술을 참고하시면 될 겁니다."

그 이름을 듣자 이제까지 사람들에 가려져 모습이 보이지 않던 피고가 벌떡 일어났다. 불쑥 치솟은 그녀의 머리를 보는 순간 그랭구아르는 소스라치게 놀랐다. 피고는 바로 에스메랄다였던 것이다.

그녀는 얼굴도 창백했고 예전에는 곱게 땋아 올렸던 머리는 푸석푸석한 채 헝클어져 있었으며 입술은 새파랗게 질려 있었다. 게다가 겁에 질린 두 눈은 움푹 꺼져 있어 보기에도 무서웠다. 세상에 이럴 수가!

"페뷔스!" 집시 여자는 완전히 제정신이 아닌 듯이 중얼거렸다.

"아아, 어디 계세요? 판사님들! 저를 죽이기 전에 자비를 베풀어주세요. 그분이 아직 살아 계신지 제게 그것만이라도 알려주세요."

"입 닥쳐! 그런 것은 여기서 할 얘기가 아니야! 그는 지금 죽어가고 있어. 자, 정리(廷吏), 두 번째 피고를 데리고 오시오." 국왕 특별 변호사가 말했다.

사람들이 "두 번째 피고?" 하며 궁금해하는데 '음매' 하는 염소 울음소리가 들렸다. 법정에 들어선 염소는 주인을 발견하고는 사람들이 말릴 틈도 없이 집시 여자에게 달려가더니 발밑에서 뒹굴었다. 머리를 쓰다듬어주기를 기다리는 것 같았다. 하지만 그녀는 꼼짝도 하지 않았다. 가엾은 잘리에게 눈길을 주기는커녕 아예 거들떠보지도 않았다.

이때 자크 샤르몰뤼가 끼어 들었다.

"재판장님, 괜찮으시다면 제가 염소를 심문해보겠습니다."

그랭구아르는 식은땀을 흘리고 있었다. 검사는 책상 위에서 집시 여자의 탬버린을 집어 들더니 염소에게 물었다.

"지금이 몇 시지?"

염소는 반짝이는 눈으로 탬버린을 바라보더니 금빛 발을 들어 정확히 일곱 번을 찍었다. 그때 시각은 정확히 7시였다. 청중들이 공포에 휩싸여 동요했다.

자크 샤르몰뤼는 날짜도 묻고 시간도 묻는 등 염소에게 여러 가지 재주를 시켜보았다. 그런 공연이 만약 네 거리 광장에서 있었다면 사람들은 박수를 치며 환호했을 것이다. 하지만 이곳은 법정이 아닌가! 잘리의 재주는 사람들에게 공포심만

안겨주었을 뿐이었다.

게다가 잘리는 결정적인 재주를 부리고 말았다. 검사가 잘리의 목에 걸린 문자 카드 주머니를 풀어 바닥에 늘어놓자 염소는 발끝으로 정확하게 '페뷔스'라는 이름을 늘어놓은 것이었다. 장교가 마법의 제물이 되었다는 결정적 증거가 뚜렷하게 나타난 것이다. 이제 사람들 눈에 아름다운 집시 여자는 무시무시한 흡혈귀로 둔갑해 있었다.

그녀는 완전히 죽은 사람 같았다. 그녀를 향해 재판장이 준엄한 목소리로 말했다.

"이봐, 젊은 처녀! 너는 마법의 주문을 외고 다니는 보헤미아 사람이 틀림없다! 너는 악마에 들린 염소와 공모하여 어두운 밤을 타 미인계로 왕실 친위대 중대장을 유인한 뒤 칼로 찔러 살해하려 했다. 이렇게 증거가 명백한데도 아니라고 부인할 텐가?"

집시 여자는 두 손으로 얼굴을 가리며 외쳤다.

"오오, 끔찍해라! 아, 나의 페뷔스! 너무 고통스러워요!"

"계속 부인할 테냐? 이렇게 증거가 많은데도……."

"제발, 재판장님! 저는 그냥 떠도는 계집일 뿐이에요."

"집시 계집이지!" 재판장이 엄중한 어조로 말했다. 그러자 검사가 어조를 누그러뜨리며 말했다.

"피고인이 강경하게 부인하므로 고문을 요청합니다."

"받아들이겠소." 재판장이 말했다.

그녀는 가련하게도 몸을 부들부들 떨고 있었다. 그러나 그녀는 창을 든 관리들의 명령에 순순히 자리에서 일어났다. 그녀는 검사와 종교재판소 신부들의 뒤를 따라 창 사이에 난 중간 문을 향해 흐트러짐 없이 또박또박 걸어 나갔다. 문이 열렸다가 다시 닫혔다. 그랭구아르의 눈에는 그 문이 그녀를 집어삼킨 무시무시한 아가리 같았다.

재판은 휴정에 들어갔다.

"어휴, 정말 재수 없고 악질적인 계집이야. 아직 저녁도 못 먹었는데 저런 계집을 심문해야 하다니." 어느 늙은 판사가 투덜거렸다.

우리는 가엾은 에스메랄다가 고문실에서 얼마나 겁에 질렸었는지 자세히 묘사하는 일은 그만두기로 하자. 다만 지금까지의 삶이 그토록 즐겁고 감미롭고 밝기만 했던 그녀는 결국 난생처음으로 당하는 고통에 꼼짝없이 굴복할 수밖에 없었다는 사실만 밝히기로 하자. 그녀의 발에 족쇄를 채우고 무시무시한 쇠붙이 부딪히는 소리가 나자 그녀는 그만 체념하고 말았다.

때를 놓치지 않고 검사가 소리쳤다.

"서기 필기 준비! 이봐 집시 여자, 너는 원한을 품은 유령이나 마녀, 흡혈귀들의 잔치에 참석한 것을 시인하느냐? 빨리 대답하지 못할까!"

"예." 그녀는 기어들어가는 목소리로 대답했다.

"너는 마왕 벨제뷔트가 밤의 향연에 초대하기 위해 구름 속에 등장시키는 숫양을 보았는가? 마법사들 눈에만 보인다는 그 숫양 말이다."

"예."

"너는 유령의 도움을 받아 지난 29일 밤에 페뷔스 드 샤토베르라는 사람을 칼로 찔러 살해하려 했음을 자백하는가?"

그녀는 큰 눈을 들어 검사를 물끄러미 바라보았다. 몸을 떨지도 않고 단지 기계적으로 "예"라고 대답했다.

검사가 말했다.

"서기는 기록했으렷다? 자, 정리(廷吏)들은 저년을 풀어 법정으로 데려가도록."

그녀는 창백한 얼굴로 다리를 질질 끌며 법정으로 돌아왔다. 방청석이 술렁거렸다. 검사는 자기 자리에 앉더니 다시 일어나 한껏 위엄을 뽐내며 말했다. 자기가 세운 공을 드러내지 않으려 애쓰는 모습이 역력했다.

"피고는 처음부터 끝까지 다 자백했습니다."

그러자 재판장이 그녀에게 말했다.

"그대는 그대가 부린 마법과 매춘 행위, 그리고 페뷔스 드 샤토페르 살해기도 사실을 모두 인정하는가?"

재판장의 물음에 그녀는 가슴이 찢어지는 것만 같았다. 어둠 속에서 그녀의 흐느끼는 소리가 들려왔다.

"여러분 원하시는 대로 하세요. 제발 저를 빨리 죽여주세요."

"그럼 검사께서 「공소장」을 읽어주시지요"라고 재판장이 말했다.

샤르몰뤼는 두꺼운 서류 다발을 제출한 뒤, 잔뜩 과장된 몸짓을 섞어가며 라틴어로 된 「연설문」을 웅변조로 읽기 시작했다. 그 「명연설문」을 독자 여러분에게 보여줄 수 없는 것은 안타까운 일이다.

그런데 그가 명연설을 하는 도중 그의 심증을 더 굳게 해주는 사건이 발생했다. 염소 잘리가 샤르몰뤼의 몸짓을 보고는 그것을 따라해야 한다고 생각했는지 궁둥이를 땅에 대고 앉아서 앞발과 머리통을 움직이며 훌륭한 무언극을 보여주고 있었던 것이다.

그것을 보고 샤르몰뤼는 외쳤다. 이번에는 프랑스어였다.

"여러분, 이 사건에는 틀림없이 악마가 끼어 있습니다. 보십시오! 저 악마가 이 엄숙한 공판정에서 사탄의 연극을 하고 있지 않습니까!"

잘리는 그 멋진 공연의 결과 발이 묶이는 신세가 되고 말았다.

검사는 「공소문」을 계속 읽었다. 그 멋진 「공소문」의 결과는 매우 훌륭했으니, 검사는 다음과 같은 말로 공소문을 마무리했다.

"이러한 이유로 재판관 여러분! 범죄가 명백해졌고 그 범행 의지도 밝혀졌습니다. 저는 파리 노트르담 성당의 이름으로,

이 자리에 계신 모든 분의 뜻을 받아, 다음과 같이 구형합니다. 첫째, 적당한 액수의 보상금을 지불할 것, 둘째, 노트르담 대성당 정문 앞에서 공개적으로 죄를 자백하고 용서를 빌 것, 셋째, 이 마녀와 염소를 그레브 광장에서 처형할 것, 이상입니다."

그랭구아르는 실의에 빠져 땅이 꺼져라 한숨을 내쉬며 중얼거렸다.

"저런 망할 놈! 저걸 라틴어라고! 도저히 못 들어주겠군!"

변호인의 형식적인 변론이 있은 후 유죄인가 무죄인가를 투표에 붙였다. 결과는 보나마나였다. 결과를 건네받은 재판장이 차가운 목소리로 「판결문」을 읽었다.

"집시 여자는 들으라. 국왕 폐하께서 정하신 날짜 정오에 너는 속옷 차림에 맨발 차림으로 노트르담 대문 앞으로 끌려갈 것이다. 그곳에서 촛불을 들고 공개적으로 사과한 뒤 그레브 광장으로 끌려가 교수형에 처해질 것이다. 저 염소도 같은 처벌을 받을 것이며 네 죄에 대한 배상으로 금화 세 개를 종교 재판소에 지불할 것을 명한다. 신의 가호가 있기를!"

"아아, 이건 꿈이야!" 그녀는 멍한 눈길로 중얼거렸다. 그녀는 이내 거친 손길이 자신을 어디론가 끌고 가는 것을 느꼈다.

제5부

179

모든 희망을 버려라

교수형을 선고받은 에스메랄다는 재판소 안의 지하 감옥에 갇혔다. 밝은 햇살 아래 생글거리며 춤추던 그녀의 모습을 본 사람이라면 운명의 잔인함에 진저리를 치지 않을 사람이 있을까? 그녀는 허리가 꺾인 채 쇠사슬에 묶여 있었고 물이 흥건히 고인 웅덩이 위에 짚을 깔고 웅크리고 앉아 꼼짝도 하지 못하고 있었다.

태양, 한낮의 파리 시내, 갈채를 받던 춤, 장교와의 사랑의 속삭임, 그리고 신부, 노파, 단도, 낭자한 피, 고문, 교수대, 이러한 것들이 교대로 그녀의 머릿속을 떠다녔다. 어떤 영상들은 그녀의 머릿속에서 황금빛으로 너울거렸고 어떤 영상들은 무서운 악몽이 되어 그녀를 괴롭혔다.

이곳에 갇힌 뒤로 그녀는 깨어 있는 것도 아니고 그렇다고 잠을 자는 것도 아니었다. 낮과 밤을 구별 못 했으며 깨어 있는지 잠을 자는지, 꿈인지 생시인지 구별을 못 했다.

모든 것이 정지되어 있었다. 물웅덩이에 떨어지는 물방울, 이것이 이 감옥 안에서의 유일한 움직임이었으며 시간이 흐른다는 것을 알려주는 유일한 소리였다.

그러던 어느 날이었다. 머리 위에서 간수가 빵과 물병을 가져다 줄 때 늘 울리던 소리와는 조금 다른 강한 소리가 들렸다. 그녀는 고개를 들었다. 문을 여는 소리였다. 갑자기 쏟아진 빛에 그녀는 눈을 감았다.

그녀가 다시 눈을 떴을 때 문은 닫혀 있었고 호롱불이 계단 위에 놓여 있었다. 한 남자가 그녀 앞에 홀로 서 있었다. 성직자의 검은 옷자락이 발끝까지 덮고 있었고 얼굴 역시 검은 두건으로 가리고 있었다. 그녀는 그 유령 같은 인간을 뚫어져라 바라보았다.

마침내 처녀가 먼저 입을 열었다.

"누구세요?"

"성직자요."

'성직자'라는 단어와 그 음산한 목소리! 그녀는 몸을 달달 떨었다.

그는 목소리를 낮추어 그녀에게 말했다.

"준비는 되었소?"

"무슨 준비 말씀인가요?"

"죽을 준비 말이오."

"얼마 남지 않았군요."

"내일이오."

그녀는 반가운 소리라도 들은 듯 고개를 들었다가 다시 고개를 떨어뜨렸다.

"아직 멀었군요! 어째서 오늘이 아니고……." 그녀가 중얼거렸다.

"몹시 괴로운가보군."

"여긴 너무 추워요."

"빛도 없고 불기운도 없고! 게다가 온통 물바다로군! 정말 끔찍한 곳이야."

둘은 한참 동안 말이 없었다. 이윽고 신부가 다시 입을 열었다.

"당신이 왜 여기에 와 있는지 알고 있소?"

"알 것 같기도 하고……. 하지만 뭐가 뭔지 정말 하나도 모르겠어요."

갑자기 여자는 울음을 터뜨렸다.

"여기서 나가고 싶어요. 춥고 무서워요. 견딜 수가 없어요. 징그러운 벌레들이 제 몸을 기어다녀요."

"알겠소. 내 뒤를 따라오시오."

신부는 말과 함께 그녀의 손을 잡았다. 여자의 몸은 뼛속까지 얼어붙어 있었지만 신부의 손은 그녀의 손보다도 더 차가웠다.

"어머나, 당신의 손은 죽은 사람처럼 꽁꽁 얼었네요. 대관절 당신은 누구세요?"

신부는 두건을 벗고 그녀를 똑바로 바라보았다. 아아, 바로 그 얼굴이었다. 오래전부터 자기를 따라다니며 위협하던 그 무서운 얼굴이었다. 그 팔루르델 할멈 집에서 페뷔스의 머리 위로 불쑥 나타났던 바로 그 악마의 얼굴이었다.

그녀는 외마디 비명을 지르며 그 자리에 털썩 주저앉고 말았다. 신부는 병아리를 낚아채려는 솔개의 눈으로 그녀를 보고 있었다.

그녀는 나지막이 중얼거렸다.

"부디 저를 죽여주세요. 제발 죽여주세요."

"내가 그토록 무섭소?" 그가 물었다.

그녀는 잠시 잠자코 있다가 갑자기 소리를 질렀다.

"그래요, 무서워요. 왜 그렇게 몇 달째 나를 따라다니며 괴롭히는 거예요? 오오, 하느님! 이 사람만 아니었으면 저는 행복했어요. 나를 이 지경에 빠뜨린 건 이 사람이에요. 하느님! 이 사람이 죽였어요! 이 사람이 나의 사랑하는 페뷔스를 죽였어요!"

그녀는 흐느끼며 소리 지르더니 다시 신부를 보고 말했다.

"악마 같은 사람! 도대체 당신은 누구지요? 내가 뭘 어쨌다고 내게 이런 짓을 하는 거예요?"

"널 사랑해!" 신부가 외쳤다.

그녀의 눈물이 갑자기 멈추었다. 그녀는 멍한 눈으로 그를 바라보았다. 신부는 이제 무릎을 꿇고 불같이 타오르는 눈길로 그녀를 바라보고 있었다.

"알아듣겠어? 너를 사랑하고 있다고!"

"저를 사랑한다고요? 그게 무슨……. 도대체 무슨 사랑을?"
처녀는 몸을 떨면서 말했다.

"숙명적으로 저주받은 사나이의 사랑이지."

둘은 잠시 아무 말도 못 한 채 가만히 있었다.

이윽고 평정심을 되찾은 사내가 입을 열었다.

"내 모든 걸 말해주리다. 차마 나 자신에게도 못 해준 이야
기를. 그대를 보기 전까지 나는 참 행복했었소."

"나도 마찬가지예요." 그녀가 한숨 지으며 말했다.

"아무 말 말고 그냥 들어보시오. 그렇소, 난 행복했소. 내 마
음은 그야말로 투명했다오. 이 세상에 나보다 더 당당하게 빛
나는 머리를 꼿꼿이 쳐든 남자는 없었지. 내게 학문은 누이와
같았고 그것만으로 충분했소. 나는 남자로서의 욕정이 일 때
마다 단식과 기도, 학문 연구, 고행으로 내 영혼을 일깨워, 그
것들을 잠재웠소. 나는 언제나 내 영혼이 승리하리라 믿었소.

그런데 어느 날이었지. 나는 내 방에서 책을 읽고 있었소.
광장 쪽으로 난 창문 밖에서 탬버린 소리가 들려왔지. 깊은 사
색에 잠겨 있던 나는 방해를 받은 게 화가 나서 밖을 내다보

았다오. 한 여자가 사람들에 둘러싸여 춤을 추고 있었지.

너무 아름다웠소. 주님이 이곳에 오셨을 때 그녀가 살아 있었다면 성모 마리아가 아니라 그녀를 주님 당신의 어머니로 택하셨을 거라는 불경한 생각이 들 정도였지. 아, 그녀의 얼굴은 태양 빛 아래서 더 빛을 발하고 있었소. 아! 그녀가 바로 그대였소. 나는 그 순간 넋을 잃고 말았다오. 나는 맥없이 당신을 바라보다가 깜짝 놀라 진저리를 쳤소. 그 순간 어떤 운명이 나를 사로잡는 것을 느꼈지.

나는 악마가 만든 함정이라고 생각하며 마음을 돌리려고 무진 애를 썼소. 당신은 천국이 아니면 지옥에서 왔다는 생각이 들만큼 아름다웠소. 당신은 흙으로 빚어진 단순한 인간의 자손이 아니었소. 당신은 천사였소. 하지만 암흑의 천사였지, 빛의 천사는 아니었소. 그 옆에 있는 염소는 나를 비웃는 것 같았소. 나는 그 염소에게서 지옥의 악마를 보았소. 나는 그대가 지옥에서 왔다고 믿어버렸소."

신부는 여자의 얼굴을 바라보더니 다시 차갑게 덧붙였다.

"나는 지금도 그렇게 믿고 있소. 어쨌든 내 마음을 유혹하는 그 힘은 점점 더 커지기 시작했다오. 내 머릿속에는 당신의 춤과 당신의 아름다운 몸이 맴돌았소. 나는 신비스러운 주문에 사로잡힌 거지. 도저히 어떻게 할 수가 없었소. 그런데 당신은 노래를 부르기 시작했소. 달아나는 건 불가능했소. 당신의 노래는 춤보다 더 매력적이었으니까. 나는 창가 한구석에 힘없이 쓰러지고 말았소. 저녁 기도를 알리는 종소리를 듣고서야 겨우 정신을 차릴 지경이었소.

그날 이후 내 안에는 전혀 낯선 남자가 자리를 잡았소. 나는 땀을 뻘뻘 흘리며 일에 몰두해보기도 하고, 미친 듯이 책을 읽기도 했소. 하지만 다 소용없었소. 정열에 가득 찬 내 안의 그 다른 남자가 학문 따위는 공허하다며 막 비웃었소. 책과 나 사이에서는 늘 당신이, 빛나면서 동시에 불길한 당신이 있었소. 그대의 노랫소리가 언제나 내 머릿속에서 울렸고 그대의 다리가 내『성무일과서』위에서 춤을 추었소. 나는 나 자신을 더 이상 어떻게 할 수 없었소. 악마가 내 날개 끝을 자신의 발에 비끄러매어놓은 거요. 나는 망연자실하여 그대처럼 여기저기 돌아다니기 시작했소. 길거리 모퉁이에서 그대가 오기를 마냥 기다렸고, 탑 위에서 멍하니 그대를 바라볼 때도 있었소.

나는 그대가 어떤 여자인지 알고 있소. 이집트, 보헤미아,

스페인, 이탈리아를 떠돌아다니는 집시 여자지. 그러니 어찌 마법에 걸리지 않을 수 있었겠소? 나는 당신을 재판소에 고소하고 다시는 노트르담 광장에 오지 못하게 하려고 했소. 그대가 그 곳에 오지 않게 하는 것, 그것이 당신을 잊는 유일한 방법이었고, 마법에서 벗어나는 유일한 방법이었지.

그런데 당신은 그런 것은 개의치 않고 계속 광장에 나타났소. 나는 당신을 납치해서 그곳에 못 나오게 하려는 시도도 했소. 그렇소, 당신을 납치하려 한 건 바로 나요. 그때 그 장교가 뜻밖에도 덤벼들어 당신을 구해준 거요. 그다음부터 그대와 나, 그리고 그 장교의 불행이 시작된 거요. 나는 그대를 종교재판소에 고소했소. 그대가 오랫동안 나를 사로잡았으니 나도 당신을 사로잡으려고 생각한 거지. 나는 아직 내가 모든 걸 할 수 있다고 믿었소.

아, 하지만 숙명이라는 것은! 제발 내 말을 다 들어주시오. 햇빛이 화창한 어느 날이었소. 어떤 사내가 그대 이름을 읊조리고 키득거리며 내 앞을 지나가고 있었소. 그자의 눈엔 음험한 빛이 가득했소. 빌어먹을! 난 그 녀석 뒤를 밟았지.”

순간 그녀가 입을 열었다.

"아, 페뷔스!"

"그놈 이름을 입에 올리지 마!" 신부는 거칠게 여자의 팔을 잡아채면서 소리쳤다.

"그놈은 더러운 놈이야! 이 모든 게 그놈 때문에 벌어진 일이야. 그놈만 아니었어도……. 그놈만 없었어도……. 이 모든 게 숙명이란 말인가!"

신부는 이어서 벌어진 일을 모두 이야기했다. 그런 후 그녀 앞에 무릎을 꿇고 말했다.

"아, 그대여! 제발 나를 불쌍히 여겨주오. 그대는 자신이 불행하다고 생각하겠지만 진정한 불행이 어떤 건지 모르고 있어! 한 여자를 사랑한다는 것! 더구나 성직자의 신분으로 한 여자를 열렬히 사랑한다는 것! 그 여자에게 사랑은커녕 혐오를 받으면서도 몸부림치도록 미칠 듯이 그녀를 사랑한다는 것! 그녀는 한 바람둥이 군인에게만 빠져 있다는 것을 알고도 견디는 것! 세상에 그보다 더 큰 불행은 없소!

당신은 아오? 매일 지옥의 형틀에 묶여 형벌을 받는 사내의 마음을! 밤이면 밤마다 피는 끓어오르고 심장은 후벼 파이고, 머리는 으깨지면서 제 손을 물어뜯는 사내의 불행을!

제5부

189

그대여, 제발 부탁이니, 내 고통을 잠시라도 멈추게 해주오. 이 타오르는 불길에 재를 뿌려주오. 내 이마에 흐르는 굵은 땀방울을 씻어주시오. 나를 고문하고 있는 그대여, 다른 손으로 나를 위로해주오."

신부는 몸부림을 치며 돌계단 모서리에 머리를 찧었다. 그러나 그녀는 가만히 그를 바라볼 뿐이었다. 그가 제 풀에 지쳐 입을 다물자 그녀가 나지막한 목소리로 되풀이했다.

"오, 나의 페뷔스!"

신부는 무릎을 꿇은 채로 그녀에게 기어갔다.

"이렇게 빌겠소. 제발 나를 뿌리치지 마오. 나는 당신을 사랑하고 있소. 자, 나와 함께 갑시다. 빨리 서둘러야 하오. 바로 내일이란 말이오. 그레브 광장의 그 무시무시한 교수대를 당신이 알기나 하오? 나는 당신이 수레를 타고 교수대로 향하는 모습을 보고 있을 수 없소. 제발 나를 따라와요. 나와 함께 달아납시다."

신부는 그녀의 팔을 잡고 끌고 가려 했다. 그는 이미 제정신이 아니었다.

그러나 그녀는 눈썹 하나 까딱이지 않고 신부의 얼굴을 똑

바로 쳐다보았다.

"나의 페뷔스는 어찌 되었나요?"

"아아, 정말로 무정한 사람!" 그가 그녀의 팔을 놓으며 힘없이 중얼거렸다.

"페뷔스가 어떻게 되었냐고요!"

"죽었소!" 그가 외쳤다.

"죽었다고요!"

'그래 맞아. 틀림없이 죽었을 거야. 칼을 깊숙이 찔러 넣었으니까. 내 영혼이 칼끝에 담겨 있었으니까.' 신부는 혼잣말을 하듯 중얼거렸다.

순간 그녀가 성난 암호랑이처럼 신부에게 달려들었다. 그리고 엄청난 힘으로 그를 계단까지 밀어붙였다.

"당장 꺼져버려, 이 살인자! 나를 죽여! 우리 두 사람의 피로 네 이마를 물들여주겠어! 나더러 네 것이 되라고? 너에게 몸을 맡기라고? 절대로 그럴 수 없어! 설사 지옥에 빠지는 한이 있더라도 너하고는 맺어질 수 없어! 저리 가! 이 더러운! 저리 가지 못해!"

신부는 계단에서 비틀거리더니 호롱불을 들고 밖으로 향하는 계단을 천천히 오르기 시작했다. 그리고 문을 열고 밖으로 나가버렸다.

밖으로 나간 그는 갑자기 고개를 획 돌리고 노여움과 절망에 사로잡혀서 외쳤다.

"내 말 못 알아듣겠어? 그놈은 죽었어! 죽었다고!"

그녀는 바닥에 푹 고꾸라졌다. 어둠에 잠긴 지하 감옥에서, 물구덩이로 떨어지는 물방을 소리만이 정적을 깨뜨렸을 뿐이었다.

세 남자의 서로 다른 마음

페뷔스는 죽지 않았다. 그런 부류의 사람들은 어지간해서는 목숨이 끊어지지 않는 법이다. 국왕 특별 변호사 필리프 루리에 씨가 가엾은 에스메랄다에게 "그는 죽어가고 있다"라고 말한 것은 그가 잘못 알았거나 그저 대수롭지 않게 아무렇게나 한 대답이었다. 그리고 부주교는 실제로 그가 죽은 줄 알고 에스메랄다에게 그렇게 말했다.

페뷔스의 상태가 심각했던 것은 사실이다. 하지만 부주교가 바랐던 만큼 위중하지는 않았다. 맨 처음 그를 본 의사는 그가 1주일을 못 넘길 것이라고 했다. 하지만 그는 젊고 건강했으므로 위기를 극복해냈다.

그가 아직 병상에 누워 있을 때 필리프 루리에와 종교 재판소 조사관들이 찾아왔다. 첫 심문을 받은 것이다. 어느 날 몸 상태가 호전되자 그는 남들 몰래 병원을 빠져나왔다. 그런 식의 심리를 받는 게 귀찮아서였다. 그가 사라졌지만 재판에는 아무런 영향이 없었다. 이미 많은 증거들이 확보된 상태였다. 재판관들은 그냥 그가 죽은 걸로 치부하고 재판을 진행했다.

사실 그는 도망친 것이 아니었다. 파리에서 얼마 떨어지지 않은 그의 부대로 복귀하러 간 것이었다. 그는 이 소송에 직접 출두하고 싶은 생각이 전혀 없었다. 그에게 사랑 따위는 문제되지 않았다. 심지어 그는 그녀가 마녀일 수도 있다고 생각하고 있었다. 그는 자신이 그런 사건에 얽히는 것이 우스운 꼴이 될 수 있다고 판단한 것이다.

플뢰르 드 리스는 그가 한때 정열을 쏟았던 여자다. 그녀는 매력적인데다 거액의 지참금을 갖고 있었다. 상처에서 완전 회복된 그는 가벼운 마음으로 의기양양하게 공들로리에 저택으로 갔다. 집시 계집 사건이 벌어진 지 두 달이나 되었으니 그 사건은 이제 사람들에게서 완전히 잊혔으리라 생각한 것이다.

그날 노트르담 성당 앞에는 많은 군중들이 모여 있었다. 하지만 그는 별로 신경 쓰지 않았다. 5월이니 무슨 종교행렬이거나 성신강림축일 같은 축제가 있는 모양이라고 대수롭지 않게 생각했다. 그는 말을 묶어둔 뒤 즐거운 마음으로 아리따운 약혼녀의 집으로 올라갔다.

플뢰르 드 리스는 지난번에 있었던 일, 즉 염소가 페뷔스라는 이름을 썼던 일과 페뷔스가 오랫동안 나타나지 않던 일로 마음을 졸이고 있던 상태였다. 그녀는 사랑하는 사람이 멋진 모습으로 나타나자 너무 기뻤다. 그녀는 지난 일은 모두 잊고 그를 반겼고, 사랑스럽게 대했다. 페뷔스는 페뷔스대로 오랜만에 다시 본 그녀가 더없이 아름다워 보였다. 중대장은 그동안 자신이 나타나지 않은 것에 대해 몸이 좀 아팠다며 그럴듯하게 변명을 했다. 둘은 만났을 때부터 지금까지 단 한 번도 사랑이 식어본 적이 없는 연인처럼 정답게 이야기를 나누었다.

이야기 끝에 페뷔스가 플뢰르에게 말했다.

"그런데 저 성당 앞 광장에서 무슨 일이 있나? 왜 저렇게 시끄럽지?"

"무슨 일인지 저도 자세히는 몰라요. 오늘 아침에 마녀 하나가 공개 처형된다나봐요. 그전에 성당 앞에서 공개 사과를 하나봐요."

둘은 호기심에 문을 열고 발코니로 나갔다. 성당 앞의 광경이 코앞에 펼쳐졌다. 수많은 사람들이 쏟아져 나와 광장 앞은 인파로 흘러넘치고 있었다. 군중들이 떠드는 소리가 무척이나 시끄러웠다.

그때 노트르담 성당의 큰 시계가 정오를 알리는 종을 울리기 시작했다. 사람들이 일제히 함성을 질렀다. 열두 번째 종이 울리기 직전 사람들이 술렁거리더니 고함소리가 들렸다.

"저기 온다!"

광장으로 죄수를 호송하는 수레 한 대가 말에 이끌려 천천히 다가오고 있었다. 수레 앞에서 국왕특별 검사 자크 샤르몰뤼가 당당하게 말을 몰고 있었다. 수레 안에는 한 여자가 두 팔을 뒤로 묶인 채 홀로 앉아 있었다. 그녀는 속옷 차림이었으며 길고 검은 머리가 흐트러진 채로 절반쯤 드러난 가슴과 어깨 위로 늘어뜨려져 있었다. 그녀의 목에는 거칠고 굵은 밧줄이 칭칭 감겨 있었다. 밧줄 아래로 초록 유리구슬 장식이 붙어 있는 작은 부적이 빛나고 있었다. 죽어가는 사람에 대한 배려로 그대로 둔 것이리라. 그녀의 벗은 발아래로는 작은 염소 한 마리가 묶여 있었다.

그 모습을 본 플뢰르 드 리스가 중대장에게 힘주어 말했다.

"어머나, 저것 좀 보세요! 염소를 데리고 다니던 그 밉살스런 집시 계집이에요!"

그 순간 말없이 수레를 바라보던 중대장의 얼굴이 새파랗게 질렸다.

"염소를 데리고 다니던 그 계집이라고?" 그가 더듬더듬 말했다.

그러더니 그는 얼른 방 안으로 들어가려고 했다. 그러자 플뢰르가 말했다.

"어머, 당신 저 계집 때문에 마음이 아픈 거예요?"

"무슨 소리를! 농담도 정도껏 해야지."

"그래요? 그렇다면 여기서 끝까지 함께 구경해요." 그녀는 명령하듯 말했다.

중대장은 하는 수 없이 그곳에 그냥 머물러야 했다. 그나마 죄인이 고개를 떨어뜨리고 있었기에 안심이 되었다. 그녀는 틀림없이 에스메랄다였다. 절망에 빠져 눈은 흐릿했으며 수레가 흔들리는 대로 몸을 맡기고 있었다.

수레는 마침내 성당 안뜰로 들어서더니 현관 앞에서 멈춰 섰다. 호위병들이 전투대형을 갖추고 양옆으로 줄지어 섰다. 왁자지껄 시끄럽던 군중들도 조용해졌다. 이윽고 성당 정문이 활짝 열리고 장엄하면서도 단조로운 노랫소리가 울려 퍼지기 시작했다. 슬픈 찬송가였다.

처녀의 팔을 묶고 있던 밧줄이 풀렸고 염소도 함께 풀려나서 수레에서 내려졌다. 그녀는 맨발로 현관 계단 밑까지 돌길을 걸어갔다. 목을 묶은 밧줄이 뒤에서 질질 끌리고 있었다. 마치 뱀 한 마리가 그녀 뒤를 따르는 것 같았다.

마침내 찬송가 소리가 멎더니 제의를 입은 신부와 조수들이 긴 행렬을 이루어 엄숙하게 사형수 앞으로 다가갔다. 그녀의 시선은 십자가를 받들고 있는 사람 바로 뒤에 선 사람에게 붙박여 움직일 줄 몰랐다.

"아, 또 그 사람이잖아! 맞아, 그 신부야." 그녀는 낮은 목소리로 중얼거리며 진저리를 쳤다.

그는 틀림없는 부주교였다. 그는 머리를 뒤로 젖힌 채 눈을 부릅뜨고 힘차게 찬송가를 부르며 걸어 나오고 있었다. 그 얼굴이 얼마나 창백했던지 무덤 앞에 있는 대리석 석상 하나가 그녀를 맞으려고 벌떡 일어나 걸어오고 있는 것 같았다.

그녀도 그 못지않게 창백했고 돌처럼 굳어 있었다. 하지만 그가 호송자들에게 물러서라고 손짓한 후 혼자서 그녀 쪽으로 걸어오자 그녀는 갑자기 머릿속의 피가 끓어오르는 것 같았다. 그리고 이미 마비되어 있던 마음속 분노가 다시 타오르기 시작했다.

부주교는 천천히 그녀에게 다가갔다. 그녀는 그가 이런 상황에서도 음란한 시선으로 자신의 반쯤 벗을 몸을 바라보는 것처럼 느꼈다. 그는 그녀에게 다가가 큰 목소리로 말했다.

"처녀여, 그대는 그대의 죄와 허물에 대해 하느님의 용서를 빌었는가?"

그러더니 그는 재빨리 처녀의 귀에 대고 속삭였다. 구경꾼들은 그가 처녀의 마지막 참회를 받는 줄 알고 있었다.

"넌 내 도움을 받고 싶지 않으냐? 난 지금이라도 널 살려낼 수 있어."

그녀는 그를 잔뜩 흘겨보다가 소리쳤다.

"꺼져버려, 이 악마! 만천하에 널 고발해버리겠어."

그러나 그는 비열한 미소를 지을 뿐이었다.

"아무도 네 말에 귀를 기울이지 않아. 그래보았자 죄만 추가될 뿐이야. 빨리 대답해! 내 도움을 바라지 않느냐?"

"내 사랑하는 페뷔스 님을 어떻게 했지?"

"놈은 죽었어."

그가 참담한 기분에 문득 고개를 든 순간, 광장 반대편 공들로리에 저택 발코니에 바로 그 중대장과 플뢰르가 나란히 서 있는 모습이 부주교의 눈에 들어왔다. 그는 비틀거리며 낮게 중얼거렸다.

"그래, 너는 죽어야 해! 아무도 너를 갖지 못하게 하겠어!"

그러더니 그는 집시 여자에게 손을 올리고 침통한 목소리로 외쳤다.

"이제 가거라, 방황하는 영혼이여! 하느님께서 그대에게 자비와 은총을 내리기를!"

그 말은 이런 어두운 의식을 끝맺을 때 언제나 쓰이던 마지막 말이었다. 그것은 성직자가 사형집행인에게 형을 집행하라는 명령과 같았다.

군중들은 무릎을 꿇었고 부주교는 사형수에게 등을 돌리

고 사제들 행렬 속으로 들어갔다. 이윽고 그의 모습은 십자가와 촛불과 사제복들과 함께 대성당의 어두침침한 천장 아래로 사라졌다. 노트르담 성당의 현관문은 아직 열린 채였고 대성당은 죽음의 정적에 휩싸였다.

가엾은 처녀는 죽음에의 길로 가는 호송 수레에 다시 실려 마지막 장소로 떠나야 했다. 그녀는 충혈된 눈, 이미 눈물도 말라버린 눈으로 주변을 둘러보았다. 마지막으로 생명에 대한 안타까운 정을 느꼈기 때문이리라!

주변의 군중들과 약간 멀리 집들을 둘러보던 그녀가 느닷없이 기쁨의 비명을 질렀다. 광장 한쪽 발코니에 서 있는 그 사람, 사랑하는 그 사람의 모습을 발견한 것이다. 그는 빛나는 제복을 입고 허리에는 칼을 차고 있는 늠름한 모습이었다.

재판관은 거짓말을 했던 것이다! 부주교도 거짓말을 했다! 그는 저기에 있다! 저렇게 늠름한 모습으로!

"페뷔스, 내 사랑하는 페뷔스!"

그녀는 묶인 두 손을 그를 향해 내밀려 했다. 그때 잔뜩 찌푸린 페뷔스의 얼굴이 그녀의 눈에 들어왔다. 그에게 몸을 기대고 있는 예쁘장한 아가씨는 경멸이 담긴 시선으로 그녀를

제5부
201

바라보고 있었다. 잠시 뒤 페뷔스는 그 여자와 함께 곧장 안쪽으로 사라졌고 이내 창문도 닫혀버렸다.

"아아, 페뷔스 당신도 내가 죄를 지었다고 생각하시는 건가요?"

그녀는 순간 생각했다. 자신이 바로 페뷔스를 살해한 죄로 처형을 당하게 되었다는 것을! 그렇다면!

그녀는 바닥에 그대로 무너져내렸다. 그녀는 모든 것을 다 참아왔지만 이 마지막 타격만은 견딜 수 없었던 것이다.

"어서 저 여자를 수레에 태워. 빨리 끝내자고!" 샤르몰뤼가 귀찮다는 듯 말했다.

그러나 그 모습을 숨어서 본 구경꾼이 한 명 있다는 것을 아무도 눈치 채지 못했다. 그는 성당 현관의 아치 맨 꼭대기, 역대 왕들 조각상이 늘어서 있는 회랑에서 이 모든 일을 빠짐없이 지켜보고 있었다. 아무도 예상 못 한 일이지만 그 사내는 매듭이 진 굵은 밧줄을 회랑 기둥에 꽉 동여매고 있었고 그 밧줄 끝을 현관 앞까지 늘어뜨리고 있었다.

사형 집행인들이 샤르몰뤼의 명령대로 그녀를 수레에 태우려는 순간, 그는 회랑 난간을 뛰어넘어 발과 무릎과 손으로 밧줄에 매달렸다. 그러고는 사람들이 보는 앞에서 줄을 타고 미끄러져 내려왔다. 그는 사형집행인들 쪽으로 달려가더니 커다란 주먹으로 그들을 때려눕히고는 마치 어린아이가 인형을 끌어안듯 한 손으로 집시 여자를 낚아챘다. 그는 그녀의 몸을 어깨에 둘러메고 대성당 안으로 뛰어 들어가더니 큰 소리로 외쳤다.

"여긴 성역이다!"

너무 눈 깜짝할 새에 벌어진 일이었다.

군중들도 되풀이해서 외치기 시작했다.

"성역이다! 성역이다!"

점차 모든 군중들이 호응하자 카지모도의 애꾸눈은 기쁨과 자랑으로 빛나고 있었다.

그 와중에 에스메랄다도 정신이 들었다. 그녀는 눈을 들어 카지모도를 보았다. 그리고 자신을 구해준 사람의 모습에 놀랐는지 다시 질끈 눈을 감아버렸다.

샤르몰뤼는 그저 어안이 벙벙하여 바라보기만 할 뿐이었다. 사형집행인도 경비병도 모두 어찌할 바를 모르고 있었다. 노트르담의 울타리 안에서는 죄수를 체포하는 것이 금지되어 있었다. 그곳은 카지모도의 말대로, 군중들의 외침대로, 성역이었으며 안전지대였던 것이다. 인간의 죄는 대성당 문을 들어서는 순간 모두 무효가 되었다.

카지모도는 현관 앞에 멈춰 섰다. 그의 커다란 발은 마치 성당을 떠받치고 있는 돌기둥 같았다. 그는 여자를 행여 부서지기라도 할까봐 두려워하는 듯, 아주 조심스럽게 다루었다. 그러더니 그는 갑자기 그녀를 가슴에 꼭 껴안았다. 그리고 마치 귀한 보물을 내려다보듯이 그녀를 바라보았다. 마치 어머니가 자식을 바라보듯, 애정과 고통과 연민이 가득 찬 눈길이었다.

그가 군중들을 향하여 그 번득이는 눈을 치켜떴다. 그러자 군중들이 환호했다. 그 순간의 카지모도가 더없이 아름다웠던 것이다. 고아이자 업둥이이며 쓸모없는 인간에 불과했던 카지모도는 자신이 존엄하고 굳세다는 것을 그때 처음으로 느꼈다. 그는 자기를 바라봐주지도 않던 군중을 정면으로 바라보고 있었다. 그는 당당하게 군중 속으로 뛰어들어 인간들 일에 간섭하고 그들 재판의 제물을 빼앗은 것이다. 그토록 추악하고 못생긴 인간이 가장 불행한 인간을 지켜냈다는 것은 몹시 감동적이었다. 이 두 사람은 두 극단에 서 있는 불행한 존재였다. 한 명은 자연으로부터 버림을 받았고 한 명은 사회로부터 버림을 받은 두 존재! 그런 두 사람이 몸을 맞대고 서로를 돕고 있었던 것이다.

카지모도는 처녀를 안고 성당 안으로 들어가더니 맨 꼭대기 옥상에 다시 나타났다. 그는 "성역이다!"를 외쳤으며 군중들도 박수갈채와 환호로 화답했다.

에스메랄다와 카지모도, 그리고 부주교

중세 때는 어느 도시에나 곳곳에 성역이 있었다. 이 성역은 도시에 범람하고 있던 야만적인 재판의 홍수 속에서, 인간이 행하는 재판 위에 우뚝 솟아 있는 섬과도 같았다. 죄인은 그곳에 들어가면 모두 살아날 수 있었다.

일단 성역에 발을 들여놓기만 하면 죄인은 법의 손아귀에서 벗어났다. 하지만 거기서 나오지 않도록 조심해야 했다. 일단 한 발자국이라도 그 밖으로 나서면 다시 형벌의 파도에 휩쓸리게 되는 것이었다. 성역 주변은 교수대와 형틀 등으로 엄중히 둘러싸여 있었다. 마치 상어가 배 주변을 맴돌며 끊임없이 먹이를 노리고 있는 것 같았다.

성당에는 일반적으로 구원을 요청하고 뛰어든 사람을 수용하기 위한 작은 방이 있었다. 노트르담 성당에도 지붕 위 바람벽 밑에 그런 작은 방이 있었다. 카지모도는 종탑과 회랑 위를 미친 듯이 달려서 에스메랄다를 바로 그곳에 내려놓았다. 카지모도가 그렇게 바람처럼 달려가는 동안 그녀는 도무지 정신을 차릴 수가 없었다. 공중을 날아다니는 느낌만 들 뿐이었다. 그녀는 설핏 눈을 뜨기도 했는데, 자신의 몸 아래로 무수한 지붕들로 이어진 시가지가 보였으며 눈앞에는 카지모도의 무서운 모습이 보였다. 그러자 그녀는 깜짝 놀라 모든 것이 끝났다고 생각하고 눈을 감았다. 정신이 몽롱한 상태에서 그녀는 자신이 까무러쳐 있는 동안에 사형이 집행된 것이라고 생각했다. 그리고 죽음의 사자가 자신을 데려가고 있다고 믿었다.

그러나 이 종지기가 자신을 작은 방에 내려놓고 그 커다란 손으로 팔을 묶고 있던 밧줄을 조심스레 풀어내는 것을 보자 정신이 들었다. 그리고 모든 것이 기억났다. 그리고 페뷔스의 차가운 얼굴이 떠올랐다. '살아난다 한들 무슨 소용이야. 페뷔스가 나를 더 이상 사랑하지 않는데……'

그녀는 자기 앞에 있는 카지모도를 바라보았다. 너무나 무서운 모습이었다.

"왜 나를 살려주었어요?"라고 그녀가 물었다.

그는 말없이 방에서 나가더니 작은 꾸러미 하나를 가지고 들어왔다. 자비로운 여자들이 남들을 위하여 성당 앞에 놓고 간 옷들이 그 안에 들어 있었다. 그제야 그녀는 자신이 거의 벌거벗고 있음을 알아차리고 얼굴을 붉혔다. 카지모도가 다시 밖으로 나가자 그녀는 재빨리 옷을 입었다.

그녀가 옷을 다 갈아입자 다시 그가 들어섰다. 한쪽 손에는 광주리를, 다른 한 손에는 이불을 들고 있었다. 광주리 안에는 포도주와 빵 등 먹을 것이 들어 있었다.

카지모도가 그녀에게 말했다.

"내가 무섭죠? 나는 정말 흉하게 생겼어요. 그러니 내 얼굴을 보지 말고 그냥 듣기만 하세요. 낮에는 이 방에 있어야 해요. 하지만 밤에는 성당을 돌아다녀도 돼요. 하지만 성당 밖으로 나가면 절대 안 됩니다. 그럼 끝장이에요. 아가씨는 사형을 당할 거고 나도 죽게 될 거예요."

그녀는 감동하여 고개를 들었으나 이미 그의 모습은 보이지 않았다. 그녀는 그의 목소리에 대해 생각했다. 비록 쉰 목소리였지만 너무 부드러운 목소리였다. 그녀는 그의 목소리에 감동했다.

그녀는 찬찬히 방을 둘러보았다. 자신이 완전히 외톨이라는 생각에 한없이 서글펐다. 순간 그녀는 껄끄러운 털이 자기 무릎위로 슬며시 들어오는 것을 느꼈다. 그녀는 놀라서 바라보았다. 그녀는 어떤 것에도 놀랄 수밖에 없는 처지였다.

그것은 가엾은 염소 잘리였다. 카지모도가 사형집행인들을 때려눕힐 때 그녀를 따라 도망쳐온 것이다. 벌써 한 시간 전부터 잘리는 그의 몸을 에스메랄다에게 비비고 있었지만 그녀는 전혀 알아채지 못하고 있었던 것이다. 그녀는 너무 반가워 눈물을 흘렸다.

어둠이 내리자 그녀는 대성당을 두르고 있는 높은 회랑을 한 바퀴 돌아보았다. 마음이 한결 가벼워졌다. 그 높은 곳에서 내려다보니 저 아래 세상은 더없이 고요했다.

다음 날 아침 그녀는 잠에서 깨어나면서 놀랐다. 자신이 그렇게 편안하게 잠을 잤다는 것이 신기했던 것이다. 그렇게 편안하게 잠을 잔 적이 도대체 얼마 만인가! 들창으로 부드러운 아침 햇살이 들어와 머리 위로 빛을 뿌리고 있었다. 들창에 햇살과 함께 어떤 얼굴이 비쳤다. 불쌍한 카지모도의 얼굴이었다. 애꾸눈에 앞니가 빠진, 방금 땅속에서 나온 귀신을 보는 것 같았다.

그녀는 여전히 눈을 감고 있었는데 거칠지만 매우 온화한 말소리가 들렸다.

"너무 무서워하지 마세요. 나는 당신 친구입니다. 아가씨가 자고 있는지 보러 왔어요. 그래도 괜찮겠지요? 제가 무서우면 얼굴을 안 보일게요. 자, 이제 벽 뒤에 숨었으니 눈을 떠도 좋아요."

집시 여자는 그의 말소리에서 연민의 정과 감동을 느꼈다. 그녀가 밖으로 나가자 가련한 카지모도는 벽 한구석에 웅크리고 있었다. 그녀는 그에게서 느껴지는 불쾌감을 억제하려 애썼다. 그녀를 보자 그는 몸을 일으키더니 고개를 푹 숙이고 뒤로 물러섰다. 그녀가 자신을 더 멀리 쫓아내려 한다고 생각했던 것이다. 그러자 그녀는 방에서 뛰쳐나가 그의 팔을 잡았다. 그리고 자기 쪽으로 끌어당겼다. 그 순간 카지모도의 얼굴은 기쁨과 애정으로 반짝였다.

그녀가 그를 방으로 들어오게 하려 했지만 그는 문 앞에 멈춰선 채 좀처럼 안으로 들어오지 않았다.

"안 돼요, 안 돼! 부엉이는 종달새 둥지에 들어가는 게 아니랍니다."

둘은 그렇게 서로를 바라보고 있었다. 카지모도의 모습은 하나하나 뜯어볼수록 추하기 그지없었다. 세상에 이렇게 생긴 사람이 존재하리라고는 상상도 할 수 없었다. 그러나 그 추한 모습 위에는 슬픔과 부드러움이 넘치고 있었다. 그녀는 차츰 그의 모습에 익숙해져갔다.

카지모도가 먼저 침묵을 깨고 입을 열었다.

"나를 부르셨나요? 왜죠?"

"맞아요." 그녀가 고개를 끄덕였다.

"저, 사실은 저는 귀머거리랍니다. 이렇게 흉하게 생긴데다 귀까지 먹었어요. 저는 정말 괴물이지요." 그는 듣는 이의 가슴을 저리게 할 정도로 슬픈 웃음을 흘렸다.

그가 계속 말했다. "저는 귀로 듣지는 못하지만 아가씨 입과 눈을 보면 무슨 말을 하는지 금방 알 수 있어요."

그러자 에스메랄다가 말했다.

"그럼, 왜 나를 구해주셨는지 말해주세요."

"왜 아가씨를 구했냐고요? 어느 날 밤 아가씨를 납치하려던 나쁜 녀석을 기억하는지요? 그런데 그다음 날 아가씨는 바로 그 나쁜 녀석에게 물을 먹여주었어요. 죄인 공시대에서. 내 목숨을 구해준 거지요. 나는 내 목숨을 바쳐 그 은혜를 꼭 갚겠다고 다짐했답니다. 아가씨는 그 나쁜 녀석을 잊고 지냈겠지만 그 녀석은 아가씨를 결코 잊은 적이 없거든요."

집시 여자는 그 말을 듣고 깊은 감동을 받았다. 자신도 불행한 처지였지만 그녀는 이 알 수 없는 사나이에 대해 깊은 동정심을 느꼈다. 그녀는 그에게 좀 더 있어달라는 손짓을 했다. 그러자 그가 말했다.

"아닙니다. 여기 너무 오래 있으면 안 돼요. 당신이 나를 바라보는 게 내 마음을 편치 않게 하거든요. 당신이 나를 바라보지 않고 내가 마음대로 당신을 바라보는 게 차라리 마음이 편해요."

그러더니 그는 호주머니에서 작은 호루라기를 꺼냈다.

"이것을 받으세요. 내가 필요할 때, 내가 더 이상 무섭지 않을 때 이 호루라기를 불어주세요. 나는 이 소리만큼은 들을 수 있답니다."

그는 호루라기를 바닥에 내려놓고 도망치다시피 사라졌다.

그는 그녀에게서 멀어지면서 혼자 중얼거렸다.

'아, 내가 인간을 닮았기에 나는 불행한 거야. 차라리 내가 그녀 옆의 염소처럼 짐승이었다면 얼마나 좋았을까!'

그리고 그는 벽에 세워둔 조각상을 보고 말했다.

"아! 나도 너처럼 돌로 만들어졌다면 얼마나 좋았을까!"

그사이 부주교는 집시 여자가 어떻게 구출이 되었는지 소문을 듣고 알게 되었다. 그 사실을 알았을 때의 심정은 뭐라 표현할 수 없었다. 에스메랄다가 죽었다고 생각했을 때 그는 고통의 밑바닥을 맛보았다. 이 세상에서 더 이상 그를 고통스럽게 할 일은 없었다. 이 세상 모든 일이 다 끝나버린 후의 텅 비어버린 마음, 그는 그런 마음이었다.

그런데 그녀가 살아 있다니! 그것도 바로 이 성당 안에서 숨 쉬고 있다니! 그 사실을 안 순간부터 그에게 다시 고통이 시작되었다. 동요와 혼란! 다시 인생이 시작된 것이다. 이제 클로드 신부는 모든 것에 지쳐버렸다.

제5부

그는 온종일 유리 창문에 붙어 서서 며칠을 보냈다. 그 창으로 그는 에스메랄다를 지켜보고 있었다. 그는 세상에 둘도 없이 흉물스런 카지모도가 그녀를 세심하게 돌보는 것을 지켜보고 있었다. 그러자 갑자기 그가 우연히 보았던 장면 하나가 떠올랐다. 어느 날 집시 여자가 춤추는 것을 바라보고 있던 그 괴물의 의미심장한 눈길! 더 이상 의심의 여지가 없었다. 카지모도는 그녀를 사랑하고 있는 것이다! 그의 마음속에 서서히 질투의 불길이 솟았다. 스스로도 분노와 수치심으로 얼굴이 벌겋게 달아오를 정도의 질투였다.

'그래, 그 중대장이라면 모를까, 저런 놈이 내 경쟁상대가 되다니!'

그 생각에 그의 마음은 완전히 평정심을 잃고 말았다.

밤이 되자 그는 무시무시한 생각에 휩싸였다. 집시 여자가 살아 있다는 것을 안 순간, 그동안 내내 그를 사로잡았던 유령과 무덤에 관한 생각들이 사라지고 육체적 욕구가 되살아난 것이었다. 검은 머리를 늘어뜨린 집시 여자가 바로 자기 옆에, 그것도 자기가 손댈 수 있는 곳에 와 있다는 생각만으로도 잠자리에 누운 그의 온몸이 뒤틀렸다. 그녀의 거의 벌거벗은 몸이 떠올라 그를 잠 못 이루게 했다.

그러자 그는 침대에서 뛰어내리더니 속옷 위에 짧은 옷을 아무렇게나 걸쳐 입고 반 벌거숭이인 채로, 눈을 불꽃처럼 이글거리며 미친 듯 방에서 뛰쳐나갔다.

바로 그날 밤, 에스메랄다는 평온한 마음으로 잠들어 있었다. 그녀는 마음이 안정되자 언젠가 이곳에서 나갈 수도 있으리라는 헛된 희망, 페뷔스가 자신을 맞아줄지도 모른다는 헛된 희망을 품고 있었다. 바로 다음 날이면 페뷔스와 플뢰르 양이 결혼식을 올린다는 사실도 모르는 채.

그녀가 잠든 지 얼마 되지 않아서였다. 그녀는 얼핏 부스럭거리는 소리를 들은 것 같아서 눈을 떴다. 주위는 캄캄했다. 그러나 채광창에서 어떤 그림자 하나가 자신을 들여다보고 있는 것을 알 수 있었다. 등불이 유령처럼 얼굴을 비추고 있었다. 그 얼굴은 에스메랄다에게 들킨 것을 알고 얼른 등불을 꺼버렸다. 순간이었지만 그녀는 얼굴의 주인공을 알아보았다. 그녀는 질겁해서 눈을 감았다.

'오, 그 신부야! 어쩌면 좋아!'

그녀는 얼어붙은 듯 침대 위로 쓰러졌다. 그 순간 누군가가 자신을 두 팔로 껴안았다. 부주교가 들어와 그녀를 덮친 것이었다.

"나가! 이 괴물! 꺼져, 이 살인자야!"

"부탁이야, 제발 가만히 있어! 이렇게 빌게!" 부주교는 그녀의 어깨에 입술을 대고 중얼거렸다.

그는 인간의 힘이라 여길 수 없을 정도의 엄청난 힘으로 그녀의 두 팔을 움켜쥐었다. 그녀는 죽을힘을 다해 악을 썼다. 부주교는 "나를 악마라고 해도 좋아. 때려도 좋아. 제발 나를 사랑해줘!"라고 말하며 그녀에게 맞으면서도 그녀를 놓지 않았다.

그녀는 그에게 짓눌린 채 숨을 헐떡이다 완전히 기운이 떨어져버렸다. 그녀는 음탕한 손이 자신의 몸을 더듬는 것을 느끼고는 마지막 힘을 다해 악을 쓰기 시작했다.

"사람 살려! 누가 좀 도와줘! 살인자다! 살인자!"

"입 닥쳐!" 부주교가 헐떡거리며 말했다.

버둥거리던 그녀의 손에 무언가 작은 쇠붙이가 잡혔다. 카지모도가 놓고 간 호루라기였다. 그녀는 그것을 입에 물고 있는 힘을 다해 불었다. 귀를 찢는 것 같은 날카로운 소리가 어둠을 뚫고 퍼져나갔다.

"뭘 하는 거야?"라고 신부가 말했다.

그와 동시에 그는 자신의 몸을 억센 팔이 들어 올리는 것을 느꼈다. 어두워서 아무것도 보이지 않았지만 이를 빠드득 갈고 있는 소리가 또렷이 들렸으며 희미하나마 머리 위에서 넓적한 칼날이 번쩍이는 것이 보였다.

눈 깜짝할 사이에 부주교는 바닥에 내동댕이쳐졌고 곧장 납처럼 무거운 무릎이 그의 가슴을 내리눌렀다. 그 울퉁불퉁한 무릎만으로도 부주교는 그가 카지모도임을 알아차렸다. 부주교는 그의 투박한 손이 자신을 밖으로 질질 끌고 나가는 것을 느꼈다. 밖에서 죽이려는 게 틀림없었다. 하지만 다행스럽게도 조금 전부터 달이 구름 밖으로 훤히 나와 있었다.

그들이 방문을 넘어서자 달빛이 신부의 얼굴을 비추었다. 카지모도는 흠칫 놀라더니 몸을 부들부들 떨었다. 그는 고개를 숙였다.

에스메랄다는 문지방까지 나왔다가 두 사람의 처지가 바뀐 것을 보고 깜짝 놀랐다. 부주교가 카지모도를 위협하고 있었고 그 앞에서 카지모도가 고개를 숙이고 애원하고 있는 것이 아닌가! 부주교는 귀머거리를 나무라더니 물러가 있으라고 거칠게 손짓했다.

카지모도가 자신을 죽여달라며 부주교에게 칼을 내밀었다. 부주교가 그것을 잡으려는 순간 에스메랄다가 뛰어들어 재빨리 그 칼을 잡더니 부주교를 향해 소리쳤다.

"자, 어디 덤벼보시지!"

그러자 부주교는 카지모도를 발로 걸어차 바닥에 쓰러뜨린 후 분노로 몸을 떨면서 제단의 둥근 천장 아래로 사라져버렸다. 신부가 사라지자 카지모도도 말없이 사라져버렸다. 그녀는 그 자리에서 쓰러져 흐느끼기 시작했다. 편안한 안식처가 다시 지옥으로 변한 것이다.

한편 자기 방으로 들어간 클로드 부주교는 불길한 말을 되풀이했다.

"아무에게도 그녀를 주지 않겠어."

그는 카지모도를 향한 질투심에 불타고 있었다.

제
6
부

그랭구아르에게 떠오른 계획들

　　　　　피에르 그랭구아르는 여전히 거지들
과 함께 지내고 있었다. 그들은 계속 집시 여자를 걱정하고 있
었다. 그는 항아리를 깨고 자신과 혼인한 자기 아내가 노트르담
에 피신해 있다는 소식을 그들에게서 듣고 다행으로 여겼다. 그
러나 그곳으로 찾아가 그녀를 만날 생각은 전혀 없었다. 가끔
그 귀여운 염소가 생각나곤 했지만 단지 그뿐이었다.

　어느 날 그는 생제르맹 록세루아 근처에 있는 멋진 옛 건물
을 감탄하며 바라보고 있었다. 그때 갑자기 어깨 위에 묵직한
손이 하나 놓이는 것을 느끼고 뒤를 돌아다보았다. 그는 깜짝
놀랐다. 옛 스승인 클로드 부주교였던 것이다.

부주교가 아무 말도 없었기에 그랭구아르는 그를 유심히 살펴볼 수 있었다. 클로드 신부는 어딘가 변해 있었다. 얼굴빛이 겨울 아침처럼 파리했고 눈은 동굴처럼 푹 패여 있었으며 머리는 거의 백발이 되어 있었다. 이윽고 신부가 침묵을 깨고 차분하면서도 냉랭한 어조로 말했다.

"잘 지냈나, 피에르 군."

"그럭저럭 잘 지내고 있습니다."

신부는 이런저런 실없는 이야기를 그와 주고받더니 느닷없이 물었다.

"피에르 그랭구아르 군, 자네의 그 사랑스런 집시 무희는 어떻게 되었나?"

"아, 에스메랄다 말씀이세요? 아니 갑자기 그렇게 화제를 바꾸시면 제가 어리둥절하잖아요."

"이 사람아, 그 여자는 자네 아내 아닌가?"

"맞아요. 항아리를 깨고 얻은 신부였지요. 그런데 선생님은 그 여자를 아직도 기억하고 계셨어요?"

"그럼 자네는 그 여자를 잊었단 말인가?"

"거의 잊었습니다. 그래도 그 새끼 염소는 정말 귀여웠는데……."

"그녀가 자네 목숨을 구해줬다고 하지 않았나?"

"예, 맞아요."

"그런데 그 여자는 어떻게 됐나?"

"글쎄요, 아마 교수형을 당한 것 같아요. 그 여자를 처형하려는 걸 보고 그 자리를 도망쳐 나왔거든요."

"정말 그것밖에 모르는가?"

"아뇨, 실은……. 들리는 소문으로는 노트르담으로 도망쳤고 거기서 안전하게 지내고 있다고 하더군요. 그만하길 다행이지요. 염소도 무사한지 알았으면 좋겠는데……."

"내가 자세한 걸 알려주지. 그 집시 여자는 정말로 노트르담에 숨어 있다네."

"아, 정말 다행이네요. 그럼 안전하겠네요."

"그런데 그게 그렇지 않아. 사흘 뒤면 재판소에서 그녀를 잡으러 올 거야. 최고 재판소에서 「영장」이 발부되었거든. 성당도 그녀를 보호해주지 못해. 다시 잡아다가 그레브 광장에서 교수형에 처할 거야."

"대체 어떤 몹쓸 녀석이 그런 청원을 냈을까요? 그런 여자한 명 그냥 노트르담 성당에 숨어 있게 두면 안 되나요?"

"세상에는 별의별 악마가 다 있으니까." 부주교가 대답했다.

부주교가 다시 말했다.

"그녀가 자네 목숨을 구해주었는데 자네는 그렇게 가만히 있을 건가?"

"제가 할 수 있는 게 뭐가 있겠어요?"

"피에르 군, 내가 곰곰 생각해봤는데 그녀를 구할 방법은 딱 하나뿐이야."

"네? 그게 뭔데요? 신부님이 그 여자를 구하기 위해 그렇게 애를 쓰시다니……. 참 자비로우신 분이에요. 그래, 방법이 뭐지요?"

"자네가 성당으로 들어가는 거야. 내가 자네를 그 여자에게 데려다주겠네. 그런 후 자네와 그 여자가 옷을 바꿔 입는 거야. 그녀가 자네 옷을 입고 나오면 되는 거지."

"아니, 그러면 제가 대신 교수형을 받으란 말씀인가요? 제가 왜 남을 대신해 죽어야 하는지 그 이유를 좀 말씀해주시겠어요?"

"그 여자가 자네 목숨을 구해주지 않았나?"

"그렇지요. 하지만 저는 죽어야 할 이유보다는 살아야 할 이유가 더 많은 놈입니다요. 다른 사람 대신 교수형을 당하다니! 그건 바보 같은 짓이에요."

그러자 부주교는 "잘 있게. 내일 보자고!"라고 작별 인사를 한 후 등을 돌려 길을 가기 시작했다.

그랭구아르는 '저런 양반을 내일 또 보다니! 절대로 그런 일은 없을 거야'라고 생각하면서도 그의 뒤를 쫓아가 말했다.

"잠깐만요, 선생님! 그 아가씨, 아니 제 아내를 그렇게 걱정해주시니 정말 감사합니다. 그 여자를 빼내기 위한 선생님 계략이 아주 훌륭하긴 하지만 저로서는 좀 못마땅합니다. 제게 방금 좋은 생각이 떠올랐습니다. 선생님은 제가 꼭 교수대에 올라야만 속이 시원한 것은 아니시지요?"

"그래, 묘안이 뭔가?"

"좋아요, 바로 이런 겁니다. 저와 함께 있는 거지들, 아주 대단한 놈들입니다. 게다가 그들은 그 여자를 끔찍이 아끼죠. 그러니까 부주교님이 하신 말씀을 전해주면 주저 없이 여자를 구하러 나설 거라 이 말입니다. 그들이 여자를 구하러 들어와 소란을 피울 때 슬쩍 그 여자를 빼돌리는 겁니다. 세상에 이보다 쉬운 일이 어디 있겠습니까?"

"좋아, 그렇다면 구체적 계획은 있나?"

그랭구아르는 부주교의 귀에 입을 대고 지나다니는 사람이 아무도 없는지 살피고는 아주 낮은 목소리로 속삭였다. 이야기를 마치자 클로드 신부는 그랭구아르의 손을 잡고 냉랭하게 말했다.

"알았네. 그럼 거기서 내일 만나세. 내가 기다리고 있겠네."

"내일 뵙겠습니다."

그랭구아르는 그렇게 답하고는 부주교가 자리를 뜨자 반대쪽으로 걸어가며 혼자 중얼거렸다. '이건 엄청난 거사가 될 거야. 대단해, 피에르 그랭구아르! 사람이 작다고 해서 큰일을 하지 못하란 법이 세상에 어디 있어!'

거사 전야

　　바로 그날 밤의 일이다. 파리 시에 있는 모든 종루에서 소등을 알리는 종소리가 울려 퍼질 무렵, 우리가 잘 알고 있는 '기적의 궁전'의 술집은 평소보다 더 소란스러웠다. 바깥 광장에서도 사람들이 여기저기 모여 무슨 대단한 일이라도 꾸미는지 낮은 소리로 쑥덕거리고 있었다. 불량배들도 길거리 여기저기에 무리지어 무뎌진 칼날을 갈고 있었다. 술집 안의 사람들도 평소와 달리 아주 유쾌한 모습이었다. 그들 다리 사이로 칼이나 도끼, 무시무시한 쌍날 장검, 화승총 등 온갖 무기들이 번쩍거리고 있었다.

　　혼란스러운 가운데도 무리들은 세 사람을 중심으로 모여

있음을 한눈에 알 수 있었다. 그 세 사람은 우리가 이미 알고 있는 사람들이었다.

그중 한 명은 이집트와 보헤미아의 공작 마티아스 앙갈리 스피칼리였다. 그는 동양풍의 금칠을 한 이상한 옷을 입은 채 자기 주위에 몰린 사람들에게 큰 소리로 요술과 마술을 가르 치고 있었다.

또 한 무리는 튀니스 왕을 중심으로 모여 있었다. 거지들 무리였다. 온몸을 완전무장한 클로팽 트루유푸는 부하들이 저 마다 무장하는 것을 감독하고 있었다.

마지막 무리는 가장 요란하고 쾌활한 무리로 그 숫자도 가 장 많았다. 바로 갈리아의 황제 기욤 루소 주변의 무리들이었 다. 기욤 루소는 왼손에 녹슨 큰 활을 들고 커다란 포도주 병 하나를 앞에 놓고 있었다. 그의 오른쪽에 옷깃을 풀어헤친 뚱 뚱한 여자가 있었음은 물론이다.

이런 소동이 벌어지는 가운데 술집 안쪽 벽난로 옆 의자에 한 시인이 앉아 화톳불을 바라보며 생각에 잠겨 있었다. 바로 피에르 그랭구아르였다.

"자, 서둘러라! 빨리 무기를 들어라! 앞으로 한 시간 뒤에

출발이다!" 클로팽 트루유푸가 자신의 거지패들에게 소리쳤다, 그러자 완전무장한 젊은이 한 명이 큰 소리로 외쳤다.

"만세! 만세! 오늘이 내 첫 출전이다! 나는 거지다. 나에게 술 한잔 따라주라! 나는 장 프롤로다. 형제들, 우리는 지금 근사한 원정을 떠난다! 대성당 문을 두들겨 부수고 아름다운 처녀를 구해주자! 그녀를 판사들과 성직자들 손아귀에서 빼내자! 우리는 정당하다. 노트르담을 약탈하자! 카지모도를 교수대로 보내자! 여러분, 카지모도를 아는가? 성신강림대축일에 종탑에서 숨을 헐떡이던 그를 보았는가? 악마가 말에 올라탄 꼴 같았던 그 모습을 보았는가? 나는 내 영혼의 밑바닥에서부터 거지다. 나는 진정한 파괴자다!"

거기 모인 사람들이 모두 함성을 지르고 큰 웃음을 터뜨리며 박수갈채를 보냈다.

얼마 후 클로팽 트루유푸는 무기 분배를 끝냈다. 그는 생각에 잠겨 있는 그랭구아르에게 가서 말했다.

"이봐, 피에르! 뭘 그렇게 멍하니 생각하고 있는 거야?"

그랭구아르는 우울한 미소를 지으며 그를 쳐다보았다.

"아, 각하. 그냥 불을 보고 있습니다. 저는 불을 아주 좋아하거든요. 불꽃을 날리기 때문이지요. 그 반짝거리는 별들 속에는 온갖 것들이 다 보인답니다. 저 별들은 우주거든요."

"무슨 개소리를 하는지 모르겠네. 그런데 루이 11세가 파리에 있다지? 시기가 별로 좋지 않은 것 같아." 옆에서 듣고 있던 이집트 공작의 말이었다.

그러자 클로팽이 씩씩하게 말했다.

"그렇다면 놈의 손아귀에서 우리 누이동생을 구해내기엔 더욱더 절호의 기회지."

자정이 되었다. 달은 구름에 가려 있었다. 클로팽이 커다란 돌 위에 올라가 소리쳤다.

"줄을 서라, 거지 동지들! 줄을 서라 이집트 조! 줄을 지어 서라 갈리아 조!"

엄청난 무리들이 종대로 늘어서자 튀니스 왕이 다시 소리를 질렀다.

"이제 조용히 파리 시내를 빠져나갈 것이다. 암호는 '바그노의 작은 불꽃'이다. 노트르담에 도착하기 전까지는 절대로 불을 켜서는 안 된다! 출발!"

그로부터 10여 분 뒤, 기마 야경대는 검은 그림자들의 긴 행렬이 지나가는 것을 보고 질겁해서 도망쳐버렸다. 행렬은 집들이 빼곡히 들어선 시장통을 빠져나가 샹쥬 다리 쪽으로 내려갔다.

노트르담 성당 앞의 혈투

그날 밤 마침 카지모도는 아직 잠들지 않고 있었다. 그는 성당 안을 마지막으로 한 바퀴 돌아보고 오는 길이었다. 성당 문을 잠글 때 부주교가 곁을 지나가며 그에게 못마땅한 표정을 지었지만 카지모도는 알아차리지 못했다.

신부는 독방에서의 사건 이후 카지모도를 몹시 학대했다. 심지어 때리기까지 했다. 그러나 이 충직한 종지기의 복종심과 인내심은 조금도 흔들리지 않았다.

카지모도는 지금까지 방치해두었던 가엾은 종들을 살펴본 후 탑 꼭대기까지 올라갔다. 그는 사각 램프를 걸어놓고 파리의 밤 풍경을 바라보았다. 무척 어두웠다. 어둠 사이로 센강이 흰 빛 꼬리를 흔들며 흘러가고 있었다.

카지모도는 문득 말로 표현하기 힘든 불안감을 느꼈다. 며칠 전부터 흉측한 얼굴의 사나이들이 성당 주위를 서성거리며 처녀의 은신처를 살피는 것이 눈에 띄었기 때문이다. 그는 불행한 처녀를 두고 무슨 음모가 꾸며지고 있음을 직감적으로 알아차렸다.

그는 시력이 매우 뛰어났다. 다른 기관의 기능을 모두 대신할 정도라고 할 만했다. 하나뿐인 눈으로 도시를 굽어보다가 그는 깜짝 놀랐다. 비에유 펠트리강둑 쪽에서 뭔가가 득실거리고 있었던 것이다. 군중 행렬의 선두 부분 같았다.

보이다 말다 하던 그 이상한 행렬은 홀연 시테섬에서 다시 그 모습을 보였다. 주위가 무척 어두웠지만 분명 노트르담 성당을 향하고 있음을 알 수 있었다. 순식간에 그들은 노트르담 광장의 어둠과 뒤섞였다.

그들은 시시각각 성당 앞 광장으로 모여들고 있었다. 소리를 내지 않으려고 무척 조심하고 있는 것 같았다. 카지모도에게 공포가 엄습했다. 저들이 집시 여자를 데려가려 한다는 생각이 들었던 것이다.

갑자기 한 줄기 빛이 번쩍이더니 순식간에 일고여덟 개의 횃불이 밝혀졌다. 카지모도는 그제야 누더기를 걸친 어마어마한 숫자의 사람들이 저마다 무기를 들고 광장에 모여 있는 모습을 볼 수 있었다. 그 속에는 몇 달 전 자기를 '미치광이 교황'이라며 갈채를 보내던 얼굴들도 보이는 것 같았다.

이 기묘한 군대는 성당 앞쪽에 뺑 둘러 진을 치려는 속셈인지 전열을 가다듬기 시작했다. 카지모도는 더 가까이서 살펴보고 방어할 태세를 갖추기 위해 종탑 사이에 있는 평평한 지붕으로 내려갔다.

클로팽 트루유푸는 노트르담의 정면 현관 앞에 이르자 계획대로 부하들을 전투 대형으로 배치했다. 저항이 있으리라 예상하지 않았지만 혹시 야경대가 공격해 오더라도 즉시 반격할 수 있도록 대형을 짠 것이다.

배치가 끝나자 이 멋진 대장은 노트르담을 정면으로 바라보고 횃불을 흔들며 외쳤다.

"파리 주교이자 최고 재판소 판사인 루이 드 보몽에게 튀니스의 왕이자 거지왕국의 국왕, 바보들의 주교인 나 클로팽 트루유푸가 말하노라. 우리의 누이동생은 마녀라는 누명을 쓰고

너의 성당으로 피신했다. 노트르담이여! 너는 그녀를 보호함
이 마땅하다. 그러나 최고 재판소는 다시 그녀를 잡아가려 하
고 있다. 만약 하느님과 거지들이 없다면 그녀는 그레브 광장
교수대의 이슬로 내일 사라질 것이다. 그래서 우리가 주교인
네 앞에 왔다. 너의 대성당이 신성하다면 우리 누이도 신성하
다. 우리 누이가 신성하지 않다면 너의 성당 역시 신성하지 않
다. 너의 성당을 구하고 싶으면 그녀를 우리에게 넘겨라. 만일
거절한다면 우리는 그녀를 빼앗고 성당을 약탈할 것이다. 위
의 말에 의거하여 여기 우리의 깃발을 꽂는다. 파리의 주교여!
신의 가호가 그대와 함께하기를!"

불행히도 카지모도는 위엄에 가득 찬 그 명연설을 알아들
을 수 없었다. 거지 한 명이 클로팽에게 군기를 건네자 그는
그것을 두 돌 사이에 세웠다. 그것은 작살이었으며 갈퀴에는
피가 흐르는 썩은 고기가 한 토막 매달려 있었다.

이윽고 튀니스 왕이 신호를 보내자 건장한 사나이 30명 정
도가 망치와 장도리, 쇠막대 등을 어깨에 메고 앞으로 나섰다.
그들은 성당 앞쪽 계단을 오르더니 문을 부수기 시작했다. 거
지들이 그 뒤를 따라 몰려왔고 현관 앞 열한 단 계단은 금세

사람들로 가득 메워져버렸다.

하지만 문은 매우 튼튼했다. 그들은 성당지기가 잠을 깨기 전에 서둘러 에스메랄다와 성당의 보물들을 내오기 위해 애썼지만 자물쇠를 부수기조차 힘들었다.

그때였다. 그들 등 뒤에서 어마어마한 소리가 울렸다. 거대한 대들보 하나가 하늘에서 떨어져 성당 계단에 있던 열 명 이상의 거지가 거기 깔린 것이다. 대들보가 이리저리 튕기며 거지들의 다리를 절단 내고 있었기에 거지들은 도망가느라 정신이 없었다. 클로팽도 성당 멀찍이 물러섰다.

그들에게는 대들보만 덮친 것이 아니었다. 동시에 커다란 공포와 놀라움도 그들을 덮쳤다.

"젠장, 이건 아무리 봐도 마법인 것 같아." 이집트 공작이 중얼거렸다.

"대들보를 던진 건 틀림없이 달님이야!"라고 누군가가 맞받았다.

위를 쳐다보아도 아무것도 보이지 않았다. 육중한 대들보는 성당 앞뜰 한가운데 누워 있었고 그것에 맞아 부상당한 사나이들의 고통스러운 신음 소리만 들렸다.

튀니스의 왕이 정신을 차리고 다시 부하들을 독려했다. 그는 대들보 위로 올라가서 외쳤다.

"이 대들보로 성당 문을 부숴라! 신부가 우리에게 준 선물이다!"

그는 성당을 향해 조롱하듯 꾸벅 절을 하며 말했다.

"신부님들, 대단히 고맙소이다."

거지들은 용기를 되찾아 대들보를 들고 문짝을 세게 두드리기 시작했다. 대들보로 한 번씩 칠 때마다 쇠로 된 문이 거대한 북처럼 울렸다. 문은 부서지지 않았지만 성당 전체가 흔들렸다. 마치 건물이 신음하는 소리가 울리는 것 같았다.

그때였다. 커다란 돌멩이들이 성당 정면 위쪽에서 공격군들 머리 위로 우박처럼 쏟아져내렸다. 틀림없이 주교가 저항하는 것이라고 믿은 거지 군사들은 부상자가 늘어나고 있었지만 문짝 부수기에 여념이 없었다. 돌은 끊임없이 떨어지고 있었고 부상자는 늘어갔으며 대들보는 쇠망치처럼 일정한 간격으로 성당 문을 두드리고 있었다.

그 용감한 공격자들이 도대체 어디서 오는지 짐작도 할 수 없었던 들보와 돌벼락 세례는 바로 카지모도의 짓임을 여러분은 이미 짐작했을 것이다.

카지모도는 처음에는 우왕좌왕하며 어찌할 줄 몰랐다. 저들은 에스메랄다를 잡으러 온 놈들이 틀림없었다. 그들이 이문을 부수는 것을 어쨌든 저지해야 했다. 처음에는 종을 울릴까 생각도 했지만 그전에 대성당 문이 부서질지도 몰랐다.

그때 석공들이 그날 온종일 남쪽 탑의 벽과 내부, 지붕을 수리하던 것이 퍼뜩 머리에 떠올랐다. 그야말로 머리에 떠오른 한 줄기 빛이었다. 벽은 돌로 되어 있었으며 지붕은 양철로, 골조는 나무로 되어 있었다.

카지모도는 망설이지 않고 그 탑으로 내달렸다. 그곳에는 갖가지 건축 재료들이 쌓여 있었으며 잘게 잘라낸 돌들이 산더미 같이 쌓여 있었다. 뿐만 아니라 납 두루마리며 잘게 쪼갠 널빤지 묶음, 톱으로 켜놓은 들보와 자갈 더미들이 쌓여 있는 아주 훌륭한 무기고였다.

그러고는 이미 우리가 알고 있는 사태가 벌어졌다. 그는 대들보를 하나 아래로 떨어뜨린 뒤 돌들을 계속 아래로 집어던진 것이다.

하지만 아무리 소나기처럼 열심히 돌멩이를 퍼부어도 공격군들을 무찌르기에는 역부족이었다. 그러자 그는 새로운 공격 무기를 고안해냈다. 돌을 던지던 난간 바로 아래에 돌로 된 기다란 빗물받이 홈통 두 개가 있었다. 그 홈통은 성당 대문 바로 위를 향하고 있었다. 그는 다락방으로 달려가 나뭇가지 한 다발을 가져와서는 그 위에 나무 조각들과 함석을 올려놓고 그것들을 홈통 구멍 앞에 놓았다. 그런 후 거기에 불을 붙였다.

한편 아래쪽 성당 정문에서는 공격부대들이 최후의 공격을 감행하려 하고 있었다. 그들은 더 이상 위에서 돌이 떨어지지 않자 모두 힘을 합해 문을 부수기로 작정하고 대들보 주위로 몰려들었다.

그때였다. 조금 전에 대들보 벼락이 떨어졌을 때보다 더 처참한 비명소리가 울렸다. 두 줄기의 뜨거운 납물이 홈통을 타고 쏟아져내린 것이다. 부글부글 끓어오르는 액체가 공중에서 떨어지자 모여 있던 군중들은 혼비백산 달아났다. 성당 앞뜰은 또다시 텅 비어버렸다.

사람들은 모두 성당 위를 올려다보았다. 희한한 광경이 그들 눈앞에 펼쳐져 있었다. 가장 높은 곳 회랑 꼭대기에서 불길이 새빨갛게 타오르고 있었고 홈통을 통해 뜨거운 쇳물이 흘러내리고 있었던 것이다.

갑작스레 닥친 너무나 엄청난 사태에 놀란 거지들은 공포에 질린 채 한동안 아무 말도 하지 못하고 있었다. 거지들의 우두머리들은 공들로리에 저택 현관 아래로 피신해서 대책회의를 열었다.

"대체 방법이 없다는 거야?" 클로팽이 화가 나서 길길이 날뛰면서 말했다.

"불 앞을 왔다갔다 하는 저 악마가 보이나?" 이집트 공작이 외쳤다.

"어디? 어, 저놈은 종지기 카지모도잖아!"

"아냐, 저놈은 지옥의 악마야." 늙은 집시가 고개를 가로저었다.

"정말 방법이 없는 거야? 우리의 누이가 내일이면 두건을 쓴 늑대들에게 목을 내주는 걸 빤히 보고 있자는 건가? 게다가 성물함의 산더미 같은 보물들도 내버려두고! 그나저나 그랭구아르 선생은 어딜 갔지?"

"그 인간은 우리가 상주 다리에 오기도 전에 어디론가 내빼버렸어요." 거지 한 명이 말했다.

"이런 쥐새끼 같은 놈. 우리를 이런 일에 끌어들여놓고서 혼자 도망을 쳐! 우리는 이렇게 죽을 고생을 하고 있는데 저 혼자 살자고! 빌어먹을 놈! 비겁한 놈! 그나저나 그 장인가 뭔가 하는 학생 놈도 안 보이네."

그때였다. 한동안 모습을 보이지 않던 장이 저쪽에서 모습을 나타냈다. 출발 때부터 갑옷으로 완전무장을 한데다 무언가 무거운 것을 낑낑대며 끌고 오느라 헐떡거리고 있었다.

겨우 광장에 도착한 그가 외쳤다.

"만세! 이제 우린 이겼어! 항구 인부들이 짐 끌어올릴 때 쓰는 사다리를 훔쳐왔어!"

"그걸 어디에 쓰려고?" 클로팽이 물었다.

"이걸 어디 쓰느냐고요? 저기 정면 현관 위에 얼간이 같은 조각상 세 개가 나란히 있는 게 보이죠? 그 회랑 끝에 문이 하나 있는데 거긴 자물쇠가 없단 말씀이야. 사다리로 거기까지만 올라가면 대성당 안으로 쉽게 들어갈 수 있다 이겁니다."

"그럼 나를 먼저 올려다오."

"안 되지요, 두목님! 이건 내 사다리예요. 두목님은 내 뒤를 따라오시지요. 아니면 사다리를 또 구해오시거나."

말을 마친 장은 사다리를 회랑 난간에 걸치고 오르기 시작했다. 사기충천한 거지들이 우르르 몰려들며 뒤를 따랐다. 장은 한 손에 활을 들고 다른 한 손으로는 사다리를 움켜쥔 채 오르기 시작했다. 무거운 갑옷 때문에 움직임이 둔할 수밖에 없었다. 뒤따라 줄줄이 거지들이 사다리에 매달렸으니 마치 뱀이 성당 벽에 붙어 기어오르는 것 같았다.

마침내 장이 회랑 발코니에 도달했다. 거지들의 박수와 환호를 뒤로 한 채 그는 회랑 안으로 건너뛰었다. 성채를 정복한 기쁨에 젖어 소리를 지르던 장은 갑자기 돌처럼 굳어 그 자리에 우뚝 서버렸다. 석상 뒤 어둠 속에서 카지모도가 외눈을 번득이며 서 있는 것을 보았던 것이다.

장의 뒤를 바로 따라오던 거지가 회랑에 오르기도 전에 이 무시무시한 꼽추는 사다리로 달려가 그 양끝을 우악스런 손으로 잡더니 광장으로 밀어내버렸다. 사다리는 잠시 멈춰 서는 것처럼 보이더니 사람들을 주렁주렁 매단 채 커다란 원을 그리며 돌바닥 위로 넘어졌다. 수없이 죽고 다치고 아수라장이 따로 없었다. 카지모도는 태연하게 난간에 팔꿈치를 괴고 서서 그 광경을 바라보고 있었다. 마치 바람에 머리를 나부끼며 창가에 서 있는 늙은 왕 같았다.

장 프롤로는 꼼짝할 수 없는 상황에 처하게 되었다. 저 아래 친구들과 격리된 채 무서운 꼽추와 단둘이 마주하게 된 것이다. 절망한 장 프롤로는 숨도 쉬지 못한 채 꼽추를 응시했다. 장은 카지모도가 곧 자신을 공격할 줄 알았다. 그러나 뜻밖에도 귀머거리는 꼼짝도 않은 채 장을 바라보며 가만히 서 있었다.

"야, 귀머거리, 왜 한심하다는 듯이 그런 눈으로 날 보고 있는 거냐?"

말과 함께 이 젊은 한량은 활 쏠 준비를 했다.

"야, 카지모도! 이제부터 네 별명을 바꿔주지. 너를 장님이라 불러주마!"

동시에 화살이 활시위를 떠났다. 화살은 바람을 가르고 날아가 카지모도의 왼쪽 팔뚝에 꽂혔다. 하지만 카지모도는 잠시 움찔했을 뿐 조금도 동요하지 않았다. 그는 팔에 꽂힌 화살을 잡아 빼더니 무릎에 대고 뚝 부러뜨렸다. 장은 두 번째 화살을 날릴 틈이 없었다. 카지모도가 메뚜기처럼 펄쩍 뛰어 장을 덮쳐버렸던 것이다.

카지모도는 버둥거리지도 못하는 장의 두 팔을 왼손으로 잡더니 오른손으로 아무 말 없이 그의 무장을 하나하나 벗겨내기 시작했다. 칼, 단검, 투구, 갑옷 등이 차례로 떨어져나갔다. 마치 원숭이가 과일 껍질을 벗겨내는 것 같았다.

이 열여섯 살짜리 청년은 태연하게 유행가를 부르기 시작했다. 하지만 그의 노래는 끝까지 이어지지 못했다. 카지모도가 난간에 서서 대학생의 몸을 빙빙 돌리더니 그대로 아래로 던져버린 것이었다. 청년의 몸은 얼마쯤 떨어지다가 건물 돌출 부분에 걸렸다. 허리는 두 동강이 나고 머리뼈가 터진 채 그의 몸은 한동안 그곳에 걸려 있었다.

공포의 비명이 거지들 속에서 일어났다.

"원수를 갚자!" 클로팽이 외쳤다.

"해치우자!" 군중들이 화답했다. 그들은 이구동성으로 외쳤다.

"쓸어버려라! 돌격이다, 돌격!"

온갖 나라 말과 사투리가 뒤섞인 엄청난 아우성이 일었다. 가련한 학생의 죽음을 본 군중은 광분해서 날뛰었다. 고작 한 사내에 의해 이렇게 저지를 당하다니! 그들은 수치심과 분노에 휩싸였다. 격분한 거지들은 사다리를 몇 개 더 구해 왔고 그들은 개미떼처럼 사방에서 성당을 오르기 시작했다. 사다리에 오르지 못한 자들은 밧줄을 이용했고 밧줄도 없는 자들은 조각물의 돌출부를 붙잡고 벽을 기어올랐다. 그들은 모두 악귀 같은 표정을 하고 있었으며 눈은 광기로 빛나고 있었다. 마치 노트르담을 공격하기 위해 온갖 요괴, 괴물, 악마 들이 총동원 된 것 같았다. 성당 앞뜰은 밝게 빛나며 하늘 멀리까지 그 빛이 뻗치고 있었다.

멀리서 경종들이 울리는 가운데 거지들은 노여움에 아우성치며 성당 벽을 기어오르고 있었다. 카지모도는 그토록 수많은 적들을 어쩌지 못해 안절부절못하고 집시 여자 걱정만 하고 있었다. 그는 하늘을 바라보며 기적을 빌었고, 절망감에 팔을 비비 꼬며 몸부림쳤다.

카지모도와 거지들 공격대가 치열하게 전투를 벌이고 있는 동안 그랭구아르는 무엇을 하고 있었는가? 그는 생탕투안 거리를 향해 뛰어가고 있었다. 그는 보두아예 문에 이르자 광장 한가운데 있는 돌 십자가를 향해 걸어갔다. 그 십자가 돌계단

위에는 검정 옷에 두건을 쓴 사나이가 앉아 있었다.

"선생님이십니까?" 그랭구아르가 사나이를 향해 물었다.

그러자 검은 옷의 사나이가 벌떡 일어나며 말했다.

"야, 속이 타서 죽는 줄 알았다. 벌써 1시 반인데 도대체 어
딜 갔다 이제 오는 거냐?"

"아, 그건 제 탓이 아니에요. 저야 약속을 지키려고 했지요.
그런데 야경대에 붙잡혀 바스티유에 있는 국왕에게까지 잡혀
갔었어요. 간신히 도망쳐 나오는 길입니다."

"무슨 헛소리를 하는 거냐? 입 닥치고 암호나 대봐."

"알아놓았으니 마음 놓으세요. '바그노의 작은 불꽃'입니다."

"알았어. 거지 놈들이 온통 거리를 막고 있으니 그걸 모르
면 성당 안으로 들어갈 수가 없어. 다행히 그놈들이 저항에 막
혀 아직 성당 안으로 못 들어간 것 같으니 늦지 않았을 거야.
열쇠가 있으니 그 안으로 들어갈 수 있어."

"그럼 나올 때는요?"

"수도원 뒤에 강 쪽으로 나 있는 작은 문이 있어. 그 열쇠도
집어왔지. 그쪽에 배도 한 척 매어놓았어."

두 사람은 잰걸음으로 시테로 향했다.

한편 일촉즉발의 위기에 처한 카지모도는 에스메랄다를 구하겠다는 생각밖에는 없었다. 그는 물불을 가리지 않고 회랑 위를 뛰어다녔다. 노트르담은 당장이라도 거지들 손아귀에 떨어질 판이었다. 그때 갑자기 말발굽 소리가 요란하게 울렸다. 그러더니 기마부대 대열이 굉음을 내며 광장으로 폭풍처럼 밀려들어왔다.

　"프랑스! 프랑스! 놈들을 무찔러라! 샤토페르의 친위대다!"

　카지모도의 귀에 그 소리는 들리지 않았다. 하지만 번쩍이는 칼날과 횃불과 창들은 볼 수 있었다. 그리고 그 선두에 선 사람이 다름 아닌 페뷔스 중대장인 것도 알아보았다. 거지들이 그 위용에 놀라 혼란에 빠진 것도 보았다. 카지모도는 그들이 에스메랄다를 구하기 위해 온 병사들이라고 믿었다. 생각지도 않던 구원군에 힘을 얻어 그는 이미 회랑으로 들이닥치기 시작한 거지들을 성당 밖으로 내던지기 시작했다.

　하늘에서 떨어진 것처럼 등장한 그들은 바로 왕의 군대였다. 마침 바스티유에 와서 머물고 있던 루이 11세가 노트르담 성당 앞에서 폭동이 일어났다는 보고를 받고 왕실 친위대에게 진압 명령을 내린 것이었다.

그러나 거지들도 만만치 않았다. 그들은 치열하게 저항했다. 그들은 장비가 형편없었지만 입에 거품을 물고 필사적으로 덤벼들었다. 그러는 사이 집집마다 창문이 열리기 시작했다. 근처에 사는 사람들은 왕의 군대가 지르는 고함소리를 듣고 그에 가담하여 거지들에게 총을 쏘기 시작했다. 거지들로서는 가망 없는 싸움이었다.

　　마침내 거지들이 굴복했다. 무기도 부족했고 지쳐 있었으며 갑자기 들이닥친 친위대 앞에 당황하고 놀랐기 때문이다. 그들은 포위망을 뚫고 뿔뿔이 흩어져 달아나기 시작했다.

　　단 한순간도 싸움을 멈추지 않았던 카지모도는 적이 패배하여 도망치는 것을 보자 털썩 무릎을 꿇고 앉아 감사의 기도를 드렸다. 그리고 자기가 그토록 죽을힘을 다해 적들을 막아 보호했던 여인이 있는 독방으로 한걸음에 달려갔다. 어서 가서 자신이 생명을 구해준 그 여인 앞에 무릎을 꿇고 싶다는 생각밖에 없었다.

　　그러나 그가 한달음에 독방으로 달려갔을 때, 방은 텅 비어 있었다.

제
7
부

구원받지 못한 영혼

　　　　　　거지들이 대성당을 공격했을 때 에스 메랄다는 잠들어 있었다.

　그러나 얼마 지나지 않아 건물 주변에서 시끄러운 소리가 점점 커져가는데다, 무엇보다 염소가 불안하게 우는 바람에 잠에서 깼다. 그녀는 이불 위에 앉아 밖에서 나는 소리에 귀를 기울이다가 요란한 소리에 놀라서 밖으로 나갔다. 그녀는 그 모든 무서운 광경을 보고는 겁에 질려 다시 방으로 들어왔다. 그녀는 두려움에 마음을 졸이면서 엎드려 있었다.

　그때였다. 누군가 자기가 있는 방을 향하여 걸어오는 발자국 소리가 들렸다. 뒤를 돌아보니 두 남자가 이미 방 안에 들어와 있었다. 그중 한 사람은 호롱불을 들고 있었다. 그녀는 무서워서 외마디 비명을 질렀다.

"무서워할 것 없어요, 나예요."

어디선가 들은 적 있는 낯익은 목소리였다.

"누구세요?"

"나예요, 피에르 그랭구아르."

이름을 듣고서야 그녀는 마음을 놓고 눈을 들었다. 정말 그 시인이자 철학자였다. 그런데 시인 옆에 머리부터 발끝까지 새까만 차림을 한 사람이 하나 서 있었다.

"함께 오신 분이 누구예요?"

"걱정 말아요. 내 친구니까."

그랭구아르는 램프를 내려놓고 그에게 반갑게 달려드는 잘리를 안으면서 말했다.

"에스메랄다, 지금 당신의 목숨이 위태로워요. 잘리도 마찬가지고. 사람들이 당신을 다시 잡아가려 해요. 우리는 당신 편이야. 당신을 구해주려고 왔으니 빨리 우리랑 갑시다."

"네에? 정말이에요?"

"그렇다니까. 자 빨리 서둘러요."

그사이 그랭구아르와 함께 온 사나이는 한 마디도 말을 하지 않았다.

그랭구아르는 그녀의 손을 잡았고 동행한 사나이는 등불을 들고 앞장섰다. 그녀는 겁에 질려 얼이 빠진 상태로 그저 그가 이끄는 대로 따를 뿐이었다.

그들은 서둘러 성당을 빠져나갔다. 그들은 수도원 안뜰로 나와 센강 쪽으로 난 문을 나섰다. 그동안 사람들은 하나도 만나지 않았다. 성당의 뒤쪽이었기 때문이다. 강가에 이르자 무성한 가지로 덮인 그늘에 배 한 척이 숨겨져 있었다.

그들은 모두 배에 올랐다. 배는 오른쪽 기슭을 향해 천천히 나아갔다. 에스메랄다는 여전히 겁먹은 얼굴로 낯선 사나이를 유심히 살피고 있었다. 어둠 속에서 배를 젓고 있는 그 사나이는 마치 유령 같았다. 그는 전혀 말이 없었으며 심지어 숨도 쉬지 않는 것 같았다. 그랭구아르는 그 사나이가 왜 그렇게 침묵을 지키는지 이상했다. 그녀를 구해내고 아무 말이 없다니. 그랭구아르가 답답하다는 듯 말했다.

"어휴, 정말 왜들 이렇게 침묵을 지키고들 있나요? 무슨 말들 좀 해보세요. 선생님, 달이 떴네요. 제발 사람들 눈에 띄지 말아야 할 텐데……. 우리가 아가씨를 구출한 건 정말 잘한 일이지만 여기서 붙잡혔다간 셋 다 교수형을 면치 못할 겁니다."

하지만 아무도 말이 없었다. 검정 옷의 사나이는 열심히 노만 저을 뿐이었다. 그랭구아르가 다시 말했다.

"그런데, 선생님! 우리가 날뛰는 거지들을 뚫고 성당 앞뜰로 왔을 때 그 귀머거리 종지기가 누군가를 난간에 집어던져 머리통을 부숴버리는 걸 보셨는지요? 그 불쌍한 친구가 누군지 혹시 아세요? 저는 눈이 나빠 누군지 잘 모르겠던데, 혹시 누구인지 보셨어요?"

낯선 사나이는 아무 대답이 없었다. 하지만 그는 노를 내려놓고는 갑자기 고개를 아래로 꺾었다. 에스메랄다는 그가 몸을 부르르 떨며 한숨을 내쉬는 것을 볼 수 있었다. 그 순간 그녀는 자신도 모르게 진저리를 쳤다. 그 한숨 소리를 어디선가 들을 적이 있었던 것 같았던 것이다.

노 젓기를 멈추자 배는 한동안 제멋대로 아래쪽으로 흘러갔다. 사나이는 다시 노를 잡고 강을 거슬러 올라가기 시작했다. 배는 노트르담섬의 끝을 돌아 포르토 푸앵 나루터를 향했다.

노트르담 성당 주위에서는 소란이 더욱 심해지고 있었다.

그들은 귀를 기울였다. 승리의 함성이 제법 또렷하게 들렸다. 훤히 밝힌 횃불에 무장한 사람들의 투구가 번쩍였다. 누군가를 찾는 것 같았고 곧이어 고함소리가 그들에게까지 또렷하게 들려왔다.

"집시 계집을 찾아라! 마녀가 도망갔다! 마녀를 죽여라!"

가엾은 집시 여자는 두 손에 얼굴을 묻었고 낯선 사나이는 강기슭을 향해 더욱더 미친 듯이 노를 저었다. 잠시 후 배는 강기슭에 도착했다. 낯선 사나이가 일어나더니 집시 여자에게 손을 내밀었다. 배에서 내리는 것을 도와주기 위해서였다. 그러나 그녀는 놀란 듯 그의 손을 뿌리치고 그랭구아르의 소매에 매달렸다. 그러나 그랭구아르는 염소에 정신이 팔려 있어서 거의 그녀를 밀어내다시피 하고 말았다. 하는 수 없이 그녀는 혼자 배에서 뛰어내렸다. 그리고 정신없이 흘러가는 강물만 바라보았다. 자기가 무엇을 하고 있는지 어디로 가야 하는지 도무지 알 수 없었다.

문득 정신을 차리고 보니 그랭구아르와 염소의 모습이 보이지 않았다. 그는 배에서 내리자마자 염소를 데리고 사라진 것이었다. 이제 그녀 곁에는 낯선 사나이뿐이었다. 그 사나이와 단둘이 남겨진 것을 알게 된 처녀는 몸을 바들바들 떨었다. 그녀는 그랭구아르를 소리쳐 부르고 싶었지만 혀가 굳어 아무 소리도 낼 수 없었다.

순간 그녀는 사내의 손이 자기 손을 잡는 것을 느꼈다. 차갑고 억센 손이었다. 사나이는 아무 말도 하지 않은 채 그녀의 손을 잡고 그레브 광장 쪽으로 뚜벅뚜벅 걸어가기 시작했다. 그 순간 그녀는 운명이라는 거역할 수 없는 힘이 자신을 끌고 가는 것처럼 느껴졌다. 그녀는 반항할 힘도 없이 그저 이끄는 대로 끌려갈 뿐이었다. 그는 걷고 있었으나 그녀는 거의 뛰다시피 해야 했다. 이따금 울퉁불퉁한 길을 가다 돌에 걸려 넘어지기도 했다. 그녀는 숨이 차서 할딱거렸다.

아무리 주위를 둘러보아도 지나가는 사람 하나 보이지 않았다. 강변은 고요 속에 잠겨 있었다. 붉게 타오르는 시테섬에서만 사람 그림자들이 어른거렸다. 그녀와 시테섬 사이에는 겨우 센강의 지류가 하나 놓여 있을 뿐이었으며, 그녀의 이름을 소리쳐 부르는 소리가 이곳까지 들려왔다.

그녀는 숨을 몰아쉬며 간신히 내뱉었다.

"당신은 누구세요? 대체 누구세요?"

제7부

255

하지만 그는 아무 대답이 없었다. 그들은 그렇게 계속 강둑을 따라 걸어서 꽤 큰 광장에 이르렀다. 달빛이 희미하게 광장을 비추고 있었다. 바로 그레브 광장이었다. 광장 한가운데 시커먼 십자가가 서 있는 것이 보였다. 교수대였다. 그녀는 이제 자신이 어디에 있는지, 모든 것을 확실하게 이해할 수 있었다.

사나이는 걸음을 멈추더니 두건을 벗었다.

"어머나! 그래, 당신이었어!" 그녀는 화석처럼 굳은 채 더듬거렸다.

그는 클로드 부주교였다. 달빛을 받고 서 있는 그는 흡사 유령 같았다. 그가 입을 열었다. 마음속 동요를 보여주는 듯, 목소리가 떨리고 있었다.

"이봐, 내 말 잘 들어. 여긴 우리 둘밖에 없어. 여긴 그레브 광장이야. 막다른 길인 셈이지. 운명이 우리를 여기까지 데려온 거야. 네 목숨은 내 손에 있고, 내 영혼은 네 뜻에 달려 있어. 우선 한 가지 할 말이 있어. 내 앞에서 절대로 페뷔스 이름을 꺼내지 마. 그놈 이름이 네 입에서 나오면 내가 무슨 짓을 할지 몰라. 나는 너를 구해준 거야. 너를 단두대에 세우라는 최고재판소의 「체포 영장」이 나왔어. 저기 저들이 보이지?"

그는 시테섬 쪽을 손을 뻗어 가리켰다. 그녀에 대한 수색작업이 계속되고 있는 것 같았다. 병사들이 횃불을 들고 "집시 계집을 잡아라! 집시 계집은 어디 있느냐! 잡아 죽여라!"라고 외치며 뛰어다니는 모습이 보였다.

그가 다시 말했다.

"어때? 널 찾겠다고 저렇게 난리법석인 걸 똑똑히 보았지? 난 널 살려주었어. 그리고 널 완전히 구해줄 수 있어. 모든 준비가 다 되어 있어. 그러니 이젠 모든 게 네게 달려 있어. 난 네가 원하는 대로 해줄 거야."

그는 그녀를 우악스럽게 붙잡은 채 교수대 앞까지 다가갔다. 그는 교수대를 가리키며 차갑게 말했다.

"나하고 이것하고, 둘 중 어느 것을 택할 테냐? 모든 것은 네게 달려 있다!"

그녀는 그에게서 팔을 빼내더니 교수대 돌기둥을 끌어안았다. 그리고 얼굴을 돌려 부주교를 쳐다보았다. 마치 십자가 아래 있는 성모상 같았다. 그녀가 마침내 입을 열었다.

"나는 교수대보다 당신이 더 소름 끼쳐."

그러자 그는 입을 열고 천천히 말을 시작했다. 이전과는 달리 침통하고 부드러운 어조였다.

"나는, 나는 너를 사랑해. 아! 그건 아무도 부인할 수 없어. 이 가슴을 불태우는 불길은 밤이고 낮이고 꺼지지 않고 타오르고 있어. 그런데도 너는 내가 불쌍하지 않은 거냐? 아 괴로워. 나는 너무도 괴로워. 그런데 나를 측은하게 생각해주지 않는 거냐? 해가 뜨나 해가 지나, 앉으나 서나 나는 네 생각뿐이다. 그러니 사랑스런 그대여, 한 마디만 해줘. 내가 불쌍하다고. 한 남자가 한 여자를 사랑하는 게 잘못된 일인가? 아아, 너는 천사 같은 여자야. 누구에게나 다정하고 너그러운 여자야. 상냥함과 자비가 넘치는 여자야. 그걸 모두에게 베푸는 여자야. 그런 네가 왜, 왜 나에게만 심술궂고 냉정한가! 아아, 이게 운명이란 말인가?"

그는 두 손으로 얼굴을 가렸다. 그녀에게 그의 울음소리가 들렸다. 그가 눈물을 보인 것은 이번이 처음이었다. 선 채로 온몸을 떨며 흐느끼는 모습이, 무릎 꿇고 애원하는 것보다 더 불쌍하고 애처롭게 느껴졌다. 그는 한참을 그렇게 울었다.

얼마 뒤 눈물이 그치자 그가 다시 말을 계속했다.

"이제 더 이상 할 말은 없어. 우리 두 사람 모두에게 죽음을 선고하지 말아줘. 나와 당신의 목숨을 가엾게 여겨줘. 나를 이 대로 쓰러지지 않게 해줘. 아아, 내가 너를 얼마나 사랑하는지 네게 알려줄 수만 있다면! 너를 너무 사랑하기에 나는 나의 모든 미덕을 다 버렸어. 학자이면서 학문을 버렸고 귀족이면서 내 이름을 더럽혔어. 성직자이면서 「미사 기도문」을 음란에 물들였어. 이 모든 것이 다 너 때문이야. 너는 지옥이고 나는 그 지옥에 걸맞은 사람이 된 거야. 그런데도 너는 이 저주받은 사나이를 원치 않는다고?

그래, 다 말하겠어. 내가 얼마나 끔찍한 짓을 저질렀는지! 오오, 나는 카인이야! 그래 이 카인아! 너는 도대체 네 동생을 어찌했단 말이냐! 아아, 그 애지중지하던 애를 내가 죽이고 만 거야. 바로 너 때문이야! 오오, 주여, 그 아이는 조금 전에 제가 보는 앞에서 머리가 깨져 죽고 말았습니다. 저 때문입니다. 이 여자 때문입니다. 바로 이 여자 때문에…….”

그런 뒤에도 그의 입술은 여전히 움직이고 있었지만 무슨 말인지 더 이상 알아들을 수 없었다. 그러다 갑자기 벽이 무너져내리듯 바닥에 주저앉아 꼼짝도 하지 않았다.

잠시 후 그는 고개를 들었다. 말로 표현하기 어려울 정도로

제7부

259

고뇌에 찬 표정이었다. 그는 "아, 내가 울고 있었나?"라고 중얼거리더니 에스메랄다를 돌아보았다.

"내가 우는 꼴을 그렇게 냉정하게 바라보고만 있었나? 내가 이 자리에서 피를 토하고 죽어도 아마 웃으며 쳐다보고만 있겠지. 그래도 나는 네가 죽는 걸 보고 싶지 않아. 한 마디만 해다오. 나를 용서한다는 말 한 마디만 해다오. 날 사랑한다는 말은 바라지도 않아. 하다못해 용서할지 안 할지 생각해보겠다는 말이라도 해다오. 그것만으로 충분하다. 그러면 너를 살려주마. 그렇지 않다면, 아! 제발 다시 한 번만 생각해봐. 우리 둘의 운명은 네 입에 달려 있고 바로 내 손에 달려 있어. 무서운 일이지만 나는 이미 제정신이 아니다. 모든 것이 나락으로 떨어지는 것을 냉혹하게 바라볼 수 있다! 네가 심연으로 떨어진다면 나 또한 영원히 뒤쫓을 거야. 제발, 한 마디만! 딱 한 마디면 돼!"

그녀가 입을 열어 무언가 대답하려 했다. 그는 그녀 입에서 어쩌면 자신을 감동시킬 수 있는 말이라도 나오길 기대하며 그녀 앞에 무릎을 꿇었다. 그러자 그녀가 말했다.

"당신은 살인자야!"

부주교는 그녀를 거칠게 껴안고는 무시무시한 웃음을 터뜨렸다.

"하하하, 그런가? 그래, 맞다! 나는 살인자다! 그래, 네 목숨은 내 것이다. 나를 노예로 삼길 원하지 않으니 내가 네 주인이 되겠어. 너를 갖고야 말겠어. 자, 이제 둘 중 하나야. 나를 따라와 내 것이 되거나 그들 손에 죽거나. 자, 택해라, 이 어리석은 것! 무덤이냐? 내 이불 속이냐?"

그의 눈은 분노와 음란으로 타오르고 있었다. 그는 입에 거품을 물고 그녀에게 달려들더니 격정적인 키스를 퍼부어댔다.

"이 추악한 괴물아! 나를 물어뜯지 마! 네 흉한 머리털을 뽑아서 네 징그러운 낯짝에 뿌려줄 테다!" 그녀가 소리쳤다.

그의 얼굴이 붉으락푸르락해지더니 마침내 그녀를 놓아주고 비통한 얼굴로 쳐다보았다.

그녀는 기가 살아서 그에게 퍼부어댔다.

"나는 페뷔스의 여자야! 내가 사랑하는 건 오로지 페뷔스님뿐이야! 그는 잘생겼어! 다 늙어빠진 신부 주제에! 보기도 싫으니 꺼져버려!"

드디어 그녀의 입에서 페뷔스의 이름이 나온 것이다. 신부가 경고했던 바로 그 이름이!

그는 "그래, 좋아! 정 그렇다면 죽어버려!"라고 외치더니 그녀를 붙잡았다. 그는 그녀의 고운 손을 움켜쥐고 길바닥에 질질 끌면서 투르 롤랑 모퉁이로 성큼성큼 걸어갔다.

그곳에 이르자 그는 여자를 돌아보았다.

"마지막으로 한 번만 더 묻겠다. 아직도 내 것이 되는 게 싫으냐?"

"싫어!" 그녀는 더 힘주어 말했다.

그러자 그가 큰 소리로 외쳤다.

"귀딜, 귀딜, 여기 집시 계집을 데려왔으니 실컷 복수해."

그러자 벽으로 난 작은 창으로 바싹 마른 작은 손이 나오더니 그녀의 손목을 붙잡았다.

"내가 경찰을 찾아오겠어. 놓치지 말고 꼭 잡고 있어."

말을 마친 후 그는 희미한 어둠 속으로 사라졌다. 근처에서 기마대 말발굽 소리가 들려오고 있었다.

작은 신발의 비밀

에스메랄다는 두려움에 떨면서 손아귀에서 벗어나려고 몸부림쳤다. 그러나 그 손은 마치 말뚝에 박혀 있는 것 같았다. 그 손은 쇠사슬이나 족쇄보다 더 단단히 그녀의 손목을 옥죄어 들었다. 에스메랄다는 드디어 기진맥진해 벽에 기대어 쓰러졌다.

"내가 당신에게 뭘 잘못했다고 이러는 거예요?"

그러자 은둔자는 노래 부르듯 "집시 계집! 집시 계집! 집시 계집!"이라고 외치더니 그 물음에 답하듯이 말했다.

"이 가증스러운 것! 네가 내게 무슨 짓을 했냐고? 내 사랑스런 딸 아네스를 데려가놓고 그런 소릴 해? 내 아이를 훔쳐다

잡아먹고 그런 소리를 해? 그게 네년 짓이 아니란 말이냐!"

에스메랄다는 순한 양처럼 대답했다.

"세상에! 나는 그때 태어나지도 않았을 텐데요."

"천만에, 넌 그때 틀림없이 태어나 있었어. 그 도둑년들 틈에 끼어 있었다고. 내 딸이 살아 있다면 꼭 네 또래일 거다. 난 15년 동안이나 그 애를 위해 기도하고 있어. 15년 동안이나 벽에 머리를 찧으며 살고 있단 말이다. 내 아이를 훔쳐간 건 바로 집시 계집들이야. 그년들이 잡아먹었어."

그러고 나서 은둔자는 웃기 시작했다. 아니 어쩌면 이를 갈고 있었는지도 모른다. 어느새 동이 트고 있었다. 교수대가 광장에서 조금씩 모습을 드러내고 있었다. 반대편 노트르담 다리 쪽에서는 기마대 말발굽 소리가 점점 또렷해지고 있었다.

"아주머니! 제발 살려주세요! 사람들이 오고 있어요. 전 정말 아주머니에게 아무 짓도 하지 않았어요. 아아, 무서워요. 제발 보내주세요, 이렇게 빌게요! 이런 식으로 죽고 싶지는 않아요!"

"내 아이를 내놔라!" 은둔자가 말했다.

"살려주세요, 부탁이에요!"

"아이를 당장 내놔!"

에스메랄다는 다시 기진해서 쓰러졌다. 그녀는 중얼거리듯 말했다.

"아아, 정말 슬픈 일이에요. 아주머니는 딸을 찾고 계시네요. 저는 부모님을 찾고 있는데……."

"사랑스런 내 딸 아네스를 내놔!" 귀딜 수녀는 계속해서 소리쳤다.

"정말로 그 애가 어디 있는지 몰라? 그렇다면 죽어버려! 말해주마. 내 딸아이를 누가 훔쳐갔어. 틀림없이 집시 계집들 짓이야. 네가 왜 죽어야 하는지 이제 알겠느냐? 난 널 교수대로 보낼 거다. 그게 싫으면 내 아이를 내놔. 자, 너는 그 애가 어디 있는지 알지? 이걸 보여줄까? 이게 바로 내 딸이 신었던 신발이야. 내 딸 물건은 이것밖에 남은 게 없어. 다른 한 짝이 어디 있는지 넌 알고 있지? 어서 말해."

그러면서 귀딜 수녀는 작은 분홍색 신발 한 짝을 채광창 밖으로 내밀어 집시 여자에게 보여주었다. 한 손으로는 여전히 그녀의 손목을 잡은 채로였다. 이미 날이 밝기 시작했으므로 신발 모양과 색깔을 똑똑히 볼 수 있었다.

"어디 좀 보여주세요." 집시 여자는 와들와들 떨면서 말했다.

신발을 본 에스메랄다는 "오, 세상에! 오, 하느님!"이라고 외치더니 귀딜 수녀에게 붙잡히지 않은 한 손으로 목에 걸고 있던 작은 주머니를 열었다. 그리고 그 안에서 무언가를 꺼냈다. 그것을 본 귀딜 수녀는 몸을 부들부들 떨면서 소리쳤다.

"아아, 내 아기!"

집시 여자가 조그만 주머니에서 꺼낸 것은 작은 신발 한 짝이었다. 그 작은 신발에는 양피지가 한 장 붙어 있었고 거기에는 이런 글귀가 적혀 있었다.

이것과 똑같은 짝이 발견될 때
네 어미는 네게 팔을 뻗치리라.

귀딜 수녀는 번개보다 빠르게 두 신발의 짝을 맞추고 양피지의 글을 읽었다. 그녀는 기쁨으로 천사처럼 환하게 빛나는 얼굴을 채광창 창살에 바짝 들이대고 외쳤다.

"아아, 내 딸아!"

"어머니!" 집시 여자가 대답했다.

어머니는 벌떡 일어나 창살을 거칠게 흔들었다. 하지만 끄떡없었다. 그녀는 베개로 사용하던 돌을 가져와 창살을 향해 힘껏 던졌다. 꿈쩍도 않던 창살 하나가 불똥을 튀기며 부러졌다. 그녀가 다시 한 번 돌을 던지자 남아 있던 녹슨 창살이 부서졌다. 그녀는 창살을 빼냈다. 모성이 발휘한 초인적인 힘이었다.

사람이 지나갈 수 있는 틈이 생기자 그녀는 딸의 몸을 부축하여 독방 안으로 들어오게 했다. 딸이 방으로 들어오자 그녀는 딸을 품에 안았다가, 다시 놓고 노래를 부르다가 정신없이 입을 맞추기도 하고 갑자기 웃음을 터뜨리기도 했다.

"아가야! 내 아가야! 내 딸이 여기 있구나! 하느님이 내 딸을 돌려주셨어! 아아, 내 딸아, 너는 정말 아름답구나. 이제 너만 생각하고 사랑하며 살련다. 고향 랭스에 상속받은 재산이 좀 있으니 그리로 가자. 가서 작은 집을 짓고 농사를 지으며 살자."

그러면서 그녀는 감격적인 웃음을 터뜨렸다.

에스메랄다, 아니 아네스는 말했다.

"아, 어머니! 집시 여자들 중에서도 유독 저를 유모처럼 돌

제7부

267

봐주시던 분이 이 주머니를 주면서 이런 말을 했어요. '얘야, 이것을 소중히 간직하도록 해라. 이건 네 어머니를 만나게 해 줄 보물이란다. 이걸 목에 걸고 다니면 넌 언제나 어머니와 함께 있는 거와 마찬가지야'라고요. 저는 이걸 부적처럼 소중히 간직하고 있었어요. 정말 그분 말씀이 옳았어요."

바로 그때였다. 말들이 달리는 소리와 무기들이 서로 부딪히는 소리로 그 작은 방에 울리기 시작했다. 에스메랄다는 너무나 무서워서 어머니 품으로 몸을 던졌다.

"살려주세요, 어머니. 그들이 오고 있어요."

"뭐라고? 그래, 내가 까마득히 잊고 있었구나. 넌 쫓기는 몸이라고 그랬지. 그래 도대체 네가 무슨 짓을 했다고 그러는 거니?"

"저도 몰라요. 나는 아무 잘못도 없는데 저들이 나에게 사형선고를 내렸어요."

"뭐라고 사형선고? 아니야, 넌 지금 꿈을 꾸고 있는 거야. 그럴 리 없어! 내가 널 15년 만에 만났는데 만난 지 몇 분 만에 다시 헤어지라고? 절대 그럴 수 없어. 하느님이 그런 일을 허락하실 리가 없어!"

그때 기마대 발소리가 멈추는 것 같더니 말소리가 들려왔다.

"이쪽입니다, 트리스탕 나리! 부주교님 말로는 여기 이 '쥐구멍' 앞에 그년이 있을 거라고 했습니다."

귀딜 수녀는 딸에게 꼼짝 말고 있으라고 한 다음 밖에서 보이지 않는 방 한쪽 모퉁이로 딸을 데려갔다. 그녀는 딸을 쪼그려 앉게 하더니 손끝도, 발끝도 보이지 않게 꽁꽁 감추었다. 그리고 자신의 돌베개와 주전자를 그 앞에 놓았다. 딸의 몸을 가릴 수 있는 것이라면 무엇이든 그 앞에 놓고 싶었다. 주위는 이제 막 밝아오기 시작했으나 '쥐구멍'은 아직 어두컴컴했다.

어머니는 채광창을 가리려고 재빨리 창 앞으로 갔다. 그러나 그들은 이미 채광창 앞에 와 있었다. 험상궂게 생긴 기마대 병사 한 명이 귀딜 수녀에게 말했다.

"여봐, 할멈! 우리는 교수형에 처할 마녀를 찾고 있다. 네가 그 마녀를 잡고 있다던데."

가련한 어머니는 가능한 한 태연한 표정을 지으려 애쓰며 말했다.

"무슨 말씀을 하시는지 모르겠네요?"

그러자 지휘관인 듯 보이는 자가 말했다.

"젠장, 그 부주교란 놈이 눈이 삐어 헛소리를 했나? 이봐, 미치광이 할망구! 분명 네게 맡겼다고 했어. 어디로 숨겼는지 똑바로 말해!"

귀딜 수녀는 무조건 모른다고 잡아뗐다가는 오히려 의심을 살 것 같아서 무관심한 척하며 말했다.

"아, 누군가 저보고 붙잡고 있으라고 했던 키 큰 처녀요? 그년이 제 팔을 물어뜯고는 도망쳐버렸습니다요. 늙은이가 젊은 것 힘을 어떻게 당하나요?"

"내가 누군지 아느냐? 트리스탕 레르미트다! 임금님의 친구란 말이다. 내게 거짓말했다간 알지?"

"당신이 바로 그 악마 레르미트로군. 아무리 그렇더라도 뭘 아는 게 있어야 알려주지요."

트리스탕이 미심쩍은 표정을 하고 있는데 머리가 허연 야경대원이 나서서 말했다.

"각하, 저년은 미친년입니다. 매일 집시 계집을 잡아먹지 못해 안달하던 할멈이지요. 제가 야경을 15년 돌아서 아는데 밤이면 밤마다 집시 여자들에게 욕설을 퍼부어댔습니다. 저 할멈이 그 집시 여자를 감쌀 리가 없습니다."

야경대원들의 증언이 일치하자 헌병대장 트리스탕은 그의 말을 믿게 되었다. 그가 대원들에게 말했다.

"자, 가자! 다른 쪽을 수색하기로 하자. 집시 마녀의 목을 매달기 전에는 한숨도 잘 생각 마라."

에스메랄다는 방구석에서 숨도 쉬지 못한 채 꼼짝도 않고 앉아 있었다. 그녀는 어머니와 트리스탕의 대화를 빼놓지 않고 들었다. 헌병대장이 물러가자고 하자 그녀는 겨우 안도의 한숨을 쉴 수 있었다. 그때였다. 누군가가 헌병대장 트리스탕에게 말을 건네는 소리가 들렸다.

"젠장! 헌병대장님! 마녀를 목매다는 건 나 같은 군인이 할 일이 아니오. 나는 내 부대로 돌아가는 게 좋겠소."

바로 페뷔스 드 샤토페르의 목소리였다. 그 순간 에스메랄다의 마음속에 무슨 일이 일어났는지는 설명하기 어렵다. 그냥 그가 거기에 있었다. 그녀의 연인, 그녀의 보호자, 그녀를 사랑하는 그녀의 페뷔스가! 그녀는 튕겨져 오르듯 벌떡 일어나서는 어머니가 어찌 막아볼 겨를도 없이 채광창으로 달려가 소리쳤다.

"페뷔스! 오, 나의 페뷔스, 여기예요."

하지만 페뷔스는 이미 떠난 뒤였다. 그는 말을 달려 거리 모퉁이를 돌아가고 있었다. 그는 뒤도 돌아보지 않았다. 그가 그녀의 목소리를 들었으면 어떻게 되었을까? 아니다, 혹시 들었는지도 모른다. 어쩐지 말 달리는 속도가 더 빨라진 것 같기도 했으니까.

트리스탕은 벽을 헐어 부하들과 안으로 들어갔고 그렇게 에스메랄다는 체포되었다. 그녀의 어머니가 혼신의 힘을 다해 그들을 막았지만 역부족이었다.

어머니는 눈물을 뚝뚝 흘리며 그들에게 애원했다.

"나리들, 제발 제 말을 좀 들어주세요. 꼭 드릴 말씀이 있습니다. 저 아이는 제 사랑하는 딸입니다. 제가 잃어버렸던 아기입니다. 저는 15년 동안 제 딸을 찾겠다는 일념으로 신발 한 짝을 가지고 있었어요. 저는 제 딸아이가 죽은 줄만 알았답니다. 그래서 이렇게 차가운 동굴 같은 곳에서 기도만 하며 지냈어요. 그런데 하느님이 제 소원을 들어주셔서 저 아이를 제게 돌려주신 겁니다. 아아, 저는 아무것도 바라지 않아요. 다만 사랑스런 제 딸을 데려가지만 말아주세요."

그녀의 긴 하소연이 끝나자 트리스탕 레르미트는 짜증스럽게 눈살을 찌푸렸다. 사실은 호랑이 같은 그의 눈에 흐른 눈물을 감추기 위해서였다. 그는 자꾸만 약해지려는 마음을 가다듬고 매정하게 잘라 말했다.

"국왕의 명령이다!"

사형집행인들과 군사들이 그 방으로 들어갔다. 어머니는 더 이상 저항하려 하지 않고 두 팔로 딸을 꼭 껴안았다. 그리고 소나기처럼 입을 맞추었다. 딸과 어머니가 한 몸이 되어 바닥에 쓰러져 있는 모습은 너무나 측은했다.

사형집행인은 두 사람을 따로 떼어내려 했다. 그러나 어머니가 딸에게 하도 강하게 달라붙어 있어서 둘을 떼어놓을 수 없었다. 사형집행인은 두 사람을 한꺼번에 끌어낼 수밖에 없었다. 어머니도 딸도 정신을 잃었는지 눈을 감고 있었다.

아침 해가 떠오르고 있었다. 광장에는 어느 새 사람들이 잔뜩 모여들어 교수대를 향해 끌려가는 모녀의 모습을 멀찌감치 떨어져서 지켜보고 있었다. 구경꾼들이 교수대 근처로 다가오는 것을 막도록 트리스탕이 명령했기 때문이다.

창문에는 아무도 나와 있지 않았다. 다만 그레브 광장이 내려다보이는 노트르담 종탑 꼭대기에 맑게 갠 아침 하늘을 배경으로 이쪽을 뚫어져라 바라보는 두 사나이의 윤곽만이 떠오를 뿐이었다.

사형집행인은 애통한 심정으로 숙명의 사다리 앞에 멈추었다. 그는 처녀의 사랑스런 목덜미에 밧줄을 걸었다. 처녀는 몸을 부르르 떨며 "싫어요, 싫어! 살려주세요!"라고 외쳤다. 어머니는 딸의 옷 속에 머리를 묻은 채 말이 없었다. 사람들의 귀에는 그녀가 온몸을 떨며 딸에게 더욱 열렬히 입을 맞추는 소리가 들릴 뿐이었다. 사형집행인은 딸을 꼭 껴안고 있는 어머니의 팔을 거칠게 잡아뗀 후 처녀를 어깨에 들쳐 멘 후 사다리를 오르려 했다.

그 순간이었다. 바닥에 누워 있던 어머니가 눈을 번쩍 뜨더니 먹이를 향해 달려드는 맹수처럼 사형집행인의 손으로 달려들어 물어뜯었다. 사형집행인이 비명을 지르자 사람들이 달려들어 그녀를 떼어냈다. 군사들이 그녀를 난폭하게 내치는 바람에 그녀는 돌바닥 위에 쿵 소리를 내며 머리를 부딪쳤다. 사람들이 그녀를 일으켜 세웠으나 그녀의 몸은 축 늘어졌다. 죽은 것이다.

처녀를 어깨에 멘 사형집행인은 다시 사다리를 오르기 시작했다.

클로드 프롤로의 최후

그렇다면 에스메랄다가 성당에서 사라진 후 그곳에서는 무슨 일이 있었을까? 카지모도는 집시 여자가 있던 방이 텅 빈 것을 보고 발을 동동 굴렀다. 자기가 아가씨를 위해 싸우고 있는 사이 누군가가 그녀를 데려간 것이다. 그는 온 성당 안을 뛰어다니기 시작했다.

그때 마침 국왕 친위대 병사들이 노트르담 안으로 밀고 들어왔다. 카지모도는 그들이 집시 여자를 구하러 온 군사들인 줄 알고 그들이 그녀를 찾는 것을 도와주었다. 만약 그 불행한 처녀가 그곳에 숨어 있었더라면 그가 자기 손으로 그녀를 그들에게 넘겨주었으리라.

하지만 카지모도도 친위대 병사들도 그녀를 찾지 못했다. 친위대 병사들이 그녀를 쫓아 다시 밖으로 나갔기에 성당은 쥐 죽은 듯 고요했다. 카지모도는 집시 여자가 자신의 보호로 몇 주 동안 편안한 잠을 잤던 방 쪽으로 걸음을 옮겼다.

그러나 방은 여전히 비어 있었다. 가련한 귀머거리는 혹시 이불 속에 숨어 있지 않을까 이불도 들춰보았고 침대 밑도 살펴보았다. 그러나 그녀는 없었다. 그는 얼마간 얼빠진 사람처럼 서 있었다. 그러다 갑자기 미친 사람처럼 벽을 향해 돌진하더니 벽에 머리를 부딪치고는 정신을 잃고 쓰러져버렸다.

얼마 후 정신을 차린 그는 무릎으로 기어나와 문 앞에 웅크리고 앉았다. 그는 혼란스러운 가운데서도 과연 누가 집시 여자를 빼앗아갔는지 곰곰 생각해보기 시작했다. 그러다 문득 부주교가 생각났다. 그만이 이 방으로 통하는 열쇠를 가지고 있다는 것, 그가 한밤중에 그녀를 덮치려 했다는 것이 생각난 것이다. 부주교의 소행이 틀림없었다. 하지만 선뜻 그를 증오하는 마음은 생기지 않았다. 그만큼 그는 부주교를 신뢰하고 있었고 그에게 감사하는 마음을 품고 있었으며 그에게 헌신하고 있었다. 부주교가 틀림없다는 확신이 든 순간 그에게는

제7부

고통만 커졌을 뿐이었다.

그가 그런 생각에 젖어 있을 때 노트르담의 맨 꼭대기 층 부근에 누군가 걸어오고 있는 것이 보였다. 바로 부주교였다. 난데없이 부주교가 나타난 것을 본 카지모도는 깜짝 놀랐다. 그는 화석처럼 굳은 채, 클로드 신부가 북쪽 탑 계단 문 아래로 들어가는 것을 보았다. 시청이 내려다보이는 탑이었다.

카지모도는 신부가 왜 그 탑으로 올라가는지 궁금해서 뒤를 밟았다. 이 가엾은 종지기는 자기가 무엇을 하려는지도 몰랐다. 그의 가슴은 오로지 분노와 공포에 휩싸여 있었다. 부주교와 집시 여자가 그의 가슴속에서 서로 맞서고 있었다.

종탑 꼭대기에 오르니 그에게 등을 돌리고 서 있는 부주교의 모습이 보였다. 신부는 난간에 가슴을 기대고 도시를 내려다보고 있었다.

카지모도는 발소리를 죽이고 그의 뒤로 살며시 다가가 그가 무엇을 그토록 열심히 내려다보는지 알아내려 했다. 부주교는 온통 다른 데 정신이 팔려서 그가 자기 옆에 바짝 다가온 것을 전혀 눈치채지 못했다.

부주교는 저 아래 도시의 아름다운 풍광에는 아무런 관심도 없는 것 같았다. 아침 풍경도, 새들의 지저귐도, 화사하게 피어 있는 꽃들에도 무관심한 채 그의 시선은 오로지 한곳에 집중되어 있었다.

카지모도의 시선도 그가 바라보는 쪽을 향했다. 그레브 광장 쪽이었다. 마침내 그는 신부가 무엇을 그리 골똘히 바라보고 있는지 알게 되었다. 그것은 돌 교수대 옆에 세워져 있는 돌 사다리였다. 광장에는 구경꾼들과 병사들이 모여 있었다. 한 사나이가 어떤 흰 물체를 돌바닥 위로 질질 끌고 갔다. 또 다른 검정 물체가 흰 물체에 매달려 있는 것 같았다. 그 사나이는 교수대 아래서 걸음을 멈추었다.

그때 무슨 일이 일어났는지 카지모도는 정확히 보지 못했다. 군사들에게 가려졌기 때문이다. 이윽고 그 사나이는 사다리를 오르기 시작했다. 그러자 카지모도의 눈에 그 사나이의 형체가 또렷이 들어왔다. 그의 어깨에는 한 여자가 얹혀 있었다. 흰 옷을 입은 여자였고 목에는 밧줄이 감겨 있었다. 카지모도는 그 여자가 누구인지 금세 알아보았다.

바로 '그녀'였다.

사나이는 사다리 꼭대기까지 올라가 그곳에 밧줄 매듭을 걸었다. 부주교는 좀 더 자세히 보려고 난간 위에 무릎을 꿇었다.

사나이는 별안간 굵은 다리로 사다리를 냅다 차버렸다. 카지모도는 숨을 죽였다. 그 불쌍한 처녀가 바닥으로부터 4미터 높이 밧줄 끝에 매달려 흔들렸다. 그 사나이는 그녀의 어깨 위에 앉아 있었다. 숨이 끊어지면서 처녀의 몸이 무섭게 경련하는 것을 카지모도는 똑똑히 보았다. 그러는 사이 부주교는 고개를 앞으로 쑥 내밀고 그 끔찍한 광경을 내려다보고 있었다.

그 처참한 순간, 악마의 웃음소리가, 인간이기를 포기한 순간에나 낼 수 있는 그런 웃음소리가 부주교의 창백한 얼굴에서 폭발하듯 터져 나왔다. 카지모도에게는 그 웃음소리가 들리지 않았다. 그러나 볼 수는 있었다. 카지모도는 부주교 뒤로 두세 걸음 물러났다가 느닷없이 그에게 달려들었다. 그러고는 억센 두 팔에 온 힘을 실어 그가 굽어보고 있던 심연을 향해 그의 등을 힘껏 밀어버렸다.

클로드 신부는 비명소리와 함께 아래로 떨어졌다.

신부는 낙수 홈통에 걸려 허공에 매달렸다. 카지모도가 그를 구할 마음이 있었다면 손만 뻗으면 되었다. 그러나 그는 신부에게는 눈길도 주지 않고 그레브 광장만을 바라볼 뿐이었다. 귀머거리는 방금 전까지 신부가 있던 바로 그 자리에 서서, 난간에 팔을 기댄 채, 그에게 단 하나뿐이었던 존재, 지금이 순간에도 단 하나뿐인 존재에게서 눈을 떼지 못하고 있었다. 그리고 이제까지 한 번도 그에게서 볼 수 없었던 눈물이 그의 외눈에서 폭포처럼 쏟아져내렸다.

그사이 부주교는 고통스런 신음소리를 내며 허공에 매달려 있었다. 낙수 홈통이 납으로 되어 있었기에 그의 몸무게에 점점 휘어지고 있었다. 그러자 죽음에 대한 공포가 엄습해왔다.

두 남자의 대조되는 모습은 보기에도 오싹했다. 부주교가 난간 아래에서 처참한 몰골로 죽음의 공포와 싸우는 사이, 카지모도는 눈물을 펑펑 쏟으며 그레브 광장을 하염없이 바라보고만 있었다.

대성당 앞에는 구경꾼들이 모여서 그 광경을 보고 있었다. 구경꾼들이 보는 가운데 부주교는 잡고 있던 것을 놓치고 말았다. 그는 광장으로 떨어져 내렸다.

카지모도는 그가 떨어지는 것을 바라만 보고 있었다.

카지모도는 눈을 들어 집시 여자가 있는 곳을 바라보았다. 교수대에 매달린 그녀의 몸이 단말마의 고통에 마지막 경련을 일으키는 것을 볼 수 있었다. 그는 다시 부주교에게로 시선을 떨어뜨렸다. 저 아래 축 늘어진 그의 몸은 더 이상 사람의 형체가 아니었다. 카지모도는 가슴속 깊은 곳에서 끓어오르는 흐느낌을 토하면서 말했다.

"아아! 저들을 내가 그토록 사랑했는데!"

에필로그: 영혼의 결혼

그날 저녁 주교의 재판관들이 산산조각이 난 부주교의 시신을 치울 무렵, 카지모도는 이미 노트르담에서 자취를 감추었다.

이 사건에 대해서 갖가지 소문이 떠돌았다. 사람들은 카지모도, 즉 악마가 마술사 클로드 프롤로를 약속대로 데려간 것이라고 숙덕거렸다. 카지모도가 그의 영혼을 가져가려고 몸을 부순 것이라고 그들은 확신했다. 부주교는 마술사로 인정되어 성지에 묻히지 못했다.

피에르 그랭구아르는 염소와 친하게 지내면서 다시 비극을 써서 큰 성공을 거두었다. 그는 점성술과 철학과 건축학과 연금술 등 잡다한 학문을 맛본 끝에 결국 가장 쓸모없는 연극으로 돌아왔다. 그가 평소에 자주 말하던 것처럼 '마침내 비극적인 최후를 맞았다'고 할 만했다. 페뷔스 드 샤토페르 역시 비극적인 최후를 맞았다. 결혼을 한 것이다. 그런 바람둥이에게 결혼은 비극이 아니고 무엇이겠는가?

앞서 말했듯이 카지모도는 집시 여자와 부주교가 죽은 날 노트르담에서 사라졌다. 그 뒤 그를 본 사람은 아무도 없었으며 그가 어떻게 되었는지 아는 사람도 없었다.

에스메랄다가 처형된 후 사형집행인들은 관례대로 그녀의 주검을 몽포콩의 지하 무덤으로 옮겼다. 그런데 카지모도 실종의 비밀이 그 지하 무덤에서 풀렸다.

이 이야기의 결말이 있은 후 어림잡아 1년 반 또는 2년이 되었을 무렵, 이틀 전 교수형을 당한 올리비에 르 댕의 주검을 되찾으러 몽포콩의 지하무덤을 찾은 사람들이 있었다. 이틀 전 교수형을 당한 그에게 국왕이 사면령을 내렸기에 생로랑 성당에 묻기 위해서였다.

그런데 사람들이 해골들 사이에서 두 개의 유골을 발견했다. 유골 하나가 다른 하나를 껴안고 있는 기묘한 형상이었다.

유골 하나는 여자였으며 전에는 흰색이었을 천 조각이 아직 몇 군데 남아 있었다. 그 유골의 목에는 작은 주머니가 달린 호박 구슬 목걸이가 걸려 있었다. 하찮은 물건이어서 사형집 행인들도 탐내지 않은 것 같았다.

그 유골을 꼭 껴안고 있는 다른 유골은 남자였는데 형체가 기묘했다. 등뼈가 구부러지고 머리는 어깨뼈 속에 파묻혀 있었으며 한쪽 다리가 다른 쪽 다리보다 짧았다. 목뼈가 손상되지 않은 것으로 보아 교수형을 당한 시체가 아님이 분명했다. 그 유골의 주인은 여기까지 찾아와 스스로 죽음을 찾은 것이다. 그 유골을 꼭 껴안고 있던 유골로부터 떼어내려 하자 그것은 순식간에 먼지가 돼버리고 말았다.

『파리의 노트르담』을 찾아서

나는 여러분에게 『파리의 노트르담』을 읽은 후의 솔직한 기분을 묻고 싶다. 카지모도의 비극적인 사랑에 안타까움을 느낀 독자도 있을 것이고, 그 비극적인 사랑에서 숭고함을 느낀 독자도 있을 것이다.

그러나 작품을 읽으면서 약간의 찜찜함을 계속 느낀 독자들도 많을 것이다. 무슨 찜찜함? 우리가 일반적으로 소설 작품을 읽으면서 기대하는 바람직한 주인공이나 영웅적인 주인공이 등장하지 않는 데서 오는 찜찜함이다.

가만 보면 『파리의 노트르담』에는 정상적인 인물, 또는 바람직한 인물은 단 한 명도 등장하지 않는다. 바람직하기는커

넝 이 주인공들은 오히려 괴물 같다고 하는 편이 옳을 것이다. 성직자면서 애욕에 불타는 프롤로 부주교에 대해서는 누구나 반감을 느낄 수밖에 없으며, 우리의 연민을 불러일으키는 카지모도도 겉모습은 사람이라기보다는 괴물에 가깝다. 그는, 누구나 그 모습에서 혐오감을 느낄 수밖에 없는 인물이다.

다른 인물들도 마찬가지다. 순결한 에스메랄다가 그토록 열렬히 사랑한 페뷔스는 그 사랑을 받을 만한 자격이 전혀 없는 바람둥이에 이기적인 사내다. 또한 시인이며 극작가인 그랭구아르는 자기 주변에서 벌어지는 일을 거리를 두고 바라보기만 할 뿐 그에 적극적으로 뛰어들지 않는 방관자일 뿐이다. 그 누구도 우리의 마음을 사로잡는 바람직한 인물이 아니다.

물론 에스메랄다는 예외인 것처럼 보인다. 그녀는 작품 속에서 클로드 프롤로가 말하고 있듯이 '천사 같은 여자이며 다정하고 자비가 넘치는 여자'다. 그러나 여러분은 그녀와 같은 인물이 되고 싶은가? 아닐 것이다. 그녀는 불행한 여자다. 또한 그녀는 집시 무희다. 그녀는 타락하기 쉬운 환경에 처해 있다. 더욱이 바람둥이 페뷔스를 죽는 순간까지 사랑하는 어리석은 여자다. 우리에게 연민의 정을 불러일으킬지는 몰라도 그녀를 닮고 싶은 사람은 별로 없을 것이다. 그녀는 외모도, 마음씨도 아름답지만 누구나 부러워하는 바람직한 인물은 아니다.

『파리의 노트르담』에는 직업으로 본다면 바람직한 인물이 될 가능성이 있는 인물들도 많이 나온다. 파리 재판소 법원장, 노트르담 성당의 주교, 재판관, 검사 등 이른바 사회지도자들이다. 그러나 그들은 한결같이 우스꽝스런 인물들이다. 그들보다는 거지, 부랑배 무리들이 한결 인간다운 덕목을 지니고 있다.

『파리의 노트르담』은 빅토르 위고가 29세의 젊은 나이에 쓴 작품이다. 그는 젊은 나이에 왜 온통 괴물 같은 사람들, 조금도 바람직하지 않은 사람들이 등장하는 소설을 쓴 것일까? 간단하다. 그가 낭만주의 운동을 일으키면서 내세운 '그로테스크 이론'을 구체화한 소설이 바로 『파리의 노트르담』이기 때문이다.

그로테스크란 '기괴한, 우스꽝스러운'이라는 뜻을 가진 프랑스어다. 어찌 이 세상에 바람직한 인간만 있겠느냐는 것이 바로 '그로테스크 이론'이라고 보면 된다. 아무리 바람직한 인간이라도 그 속에는 그와 상반되는 면이 들어 있다고 주장한 것, 좋은 문학작품이란 그 둘을 동시에 보여주어야 한다고 주장한 것이 바로 '그로테스크 이론'이다. '그로테스크 이론'의 관점에서 보면 바람직한 인간상만을 그리는 데 그친 고전주의는 인간의 반쪽만 보여준 것이 된다.

"인간은 생각하는 갈대다"라는 말로 유명한 프랑스 17세기 철학자 파스칼은 인간은 비참한 존재라고 말했다. 동시에 그는 인간은 위대하다고도 말했다. 비참하면서 동시에 위대하다니 도대체 무슨 말인가? 비참한 존재인 인간이 언제, 어떻게 위대해질 수 있다는 말인가?

파스칼은 간단하게 말했다. 자신이 비참한 존재라는 것을 알게 될 때, 인간에게 비로소 위대해질 수 있는 가능성이 생긴다는 것이다. 자신이 비참한 존재라는 것을 알게 될 때, 그 비참함을 뛰어넘는 보다 큰 것을 보고, 그것을 지향할 수 있게 된다는 것이다. 달리 말한다면 자신이 비참한 존재라는 것을 부정하거나 모르는 채 오만함에 빠져 있을 때 인간은 영원히 비참함에 머물러 있을 수밖에 없다는 것이다.

『파리의 노트르담』에 등장하는 '그로테스크'한 인물들은 바로 우리 자신들이다. 우리 안에는 모두 기괴하고 우스꽝스러운 또 다른 내가 들어 있다. 「가시나무」라는 노래의 가사처럼 '내 속엔 내가 너무도 많아'라고 고백할 수밖에 없는 것이 인간이다. 그 고백은 고통스럽다. 하지만 그 고백을 하는 순간, 파스칼의 말처럼 더 큰 세상이 열린다. 불안한 우리를 안심시키고 고통스러운 우리를 위로해주는 것도 좋은 작품이지만 내 속의 또 다른 나를 발견하게 해서 우리를 흔들어놓는 작품도 좋은 작품이다.

하지만 내 속에 들어 있는 '또 다른 나'는 나를 흔들어놓기만 하는 것이 아니다. 내 안에는 추하기 그지없는 우리의 삶을 아름답게 만들어줄 가능성이 숨어 있기도 하다. 『파리의 노트르담』에서 에스메랄다를 향한 카지모도의 그지없이 맑고 깨끗한 사랑이 바로 그것이다. 그 사랑은 우리의 속물적이고 비참한 삶을 위로해준다. '내 안에도 맑은 영혼이 들어 있을 수 있어'라고 느끼는 순간 우리는 위로를 받을 수 있지 않겠는가? 이 작품에 푹 빠져 그 흔들림과 위로를 동시에 느끼기를 여러분에게 감히 권한다.

『파리의 노트르담』은 위고의 초기작이다. 그의 또 다른 대표작인 『레미제라블』은 위고가 43세에 집필을 시작해서 60세에 간행한 소설이니 상식대로라면 『파리의 노트르담』을 먼저 읽는 게 순리다. 그러나 나는 『레미제라블』을 먼저 읽기를 권한다.

이유는 간단하다. 『레미제라블』을 먼저 읽은 후 『파리의 노트르담』을 읽는 것이 둘 다 재미있게 읽는 방법이기 때문이다. 위고의 모든 것이 들어 있는 『레미제라블』을 읽은 후 『파리의 노트르담』을 읽어야 『파리의 노트르담』을 더 쉽게 이해할 수 있다. 『파리의 노트르담』을 읽으면서 드는 궁금증을 『레미제라블』이 풀어줄 수 있다. 더 큰 틀에 비추어 보아야 작은 것의 의미도 쉽게 알 수 있는 법 아닌가.

물론 초기작에 나타난 위고의 작품 경향이 나중에 어떤 식으로 변화하면서 깊어졌는지 살펴보는 것도 의미가 있다. 하지만 그건 전문 연구가들이 할 일이지 우리 같은 문학 애호가, 또는 독자들이 할 일은 아니다.

누구나 알고 있는 사실이지만 『파리의 노트르담』은 『노트르담의 꼽추』라는 제목으로 더 널리 알려져 있다. 수많은 영화나 뮤지컬에서 그 제목을 사용했기 때문이다. 혹시 다른 작품으로 아는 사람이 있을지도 몰라서 밝혀둔다.

빅토르 마리 위고는 1802년 2월 26일 브장송에서 태어났다. 나폴레옹의 휘하의 장군이었던 아버지를 따라 어린 시절부터 프랑스와 이탈리아와 스페인의 여러 도시로 이사를 다녔다. 훗날 부친의 바람대로 대학에 진학해서 법학을 공부하면서도 빅토르는 시 쓰기에 몰두하면서 문학에 대한 꿈을 키워나갔다. 그런 그에게 가장 큰 영향을 준 것은 프랑스 낭만주의 시인인 샤토브리앙이었다. 14세 때의 일기에 그는 "샤토브리앙처럼 되고 싶다"라고 쓰기도 했다.

위고는 1822년 소꿉친구인 아델 푸셰와 결혼한다. 그리고 그해에 첫 시집 『오드』를 펴내 주목을 받았다. 그리고 이어서 희곡집과 시집들을 간행해서 30세 이전에 문단의 총아가 되었으며 프랑스 낭만주의를 이끄는 선두주자가 되었다. 그는 1831년 소설 『파리의 노트르담』을 발표하여 작가로서의 확고한 명성을 얻는다.

위고의 생에서 그에게 가장 큰 영향을 미친 사건을 하나 꼽는다면 1843년 가을 가장 아끼던 딸 레오폴딘이 남편과 함께 사고로 센강에 익사한 사건이었다. 그 사건 이전과 그 사건 이후의 그의 작품 경향은 바뀌게 된다. 즉 인간의 죽음 이후와 영혼이 그의 최대 관심사가 되는 것이다. 그리고 딸이 죽은 지 2년 후인 1845년 그는 『레미제라블』의 집필에 들어간다. 이후 정계에도 진출하고 활발한 창작 활동을 계속했으며 프랑스 정부를 비판하는 글을 계속 발표하기도 한다. 그 탓에 그는 벨기에로 추방되었다가 영국 해협에 있는 건지섬으로 가족 모두 망명하게 된다.

그 망명 생활은 고통이 아니라 축복이었다고 볼 수도 있다. 1859년 루이 나폴레옹이 사면령을 내렸음에도 불구하고 그는 그 망명지에 머물면서 『정관시집』(1856)을 비롯해서 『여러 세기의 전설』(1859), 『웃는 남자』(1869) 등 그의 걸작 시집들과 소설들을 발표한다. 『레미제라블』도 망명 중이던 1862년에 간행을 하니 처음 집필을 시작한 지 17년 만이었다.

1870년에 프로이센과의 전쟁으로 루이 나폴레옹의 제2제정이 몰락하자, 위고는 9월 5일 밤에 기차를 타고 파리에 도착해서 대대적인 환영을 받는다. 국회의원에도 당선되었지만 복

마전 같은 현실에 실망한 나머지 금세 의원직을 포기한다.

위고는 1876년에는 상원의원으로 당선되었지만, 1878년에 뇌출혈을 일으킴으로써 결국 정계에서 은퇴했다. 1881년 2월 26일, 위고의 80세 생일은 임시 공휴일로 지정되었고, 군중이 그의 집을 찾아와 박수갈채를 보냈다. 위고는 죽기 4년 전인 1881년에 이미 「유언장」을 써놓았다.

> 신과 영혼, 책임감. 이 세 가지 사상만 있으면 충분하다. 적어도 내겐 충분했다. 그것이 진정한 종교다. 나는 그 속에서 살아왔고 그 속에서 죽을 것이다. 진리와 광명, 정의, 양심, 그것이 바로 신이다. 가난한 사람들 앞으로 4만 프랑의 돈을 남긴다. 극빈자들의 관 만드는 재료를 사는 데 쓰이길 바란다. (……) 내 육신의 눈은 감길 것이나 영혼의 눈은 언제까지나 열려 있을 것이다.

1885년 5월 18일에 위고는 폐렴으로 자리에 누웠다. 그리고 22일에 파리에서 사망했다. 그날 밤에 파리에는 천둥과 우박을 동반한 비바람이 몰아쳤다. 6월 1일에 장례식이 국장으

로 치러졌고, 200만 명의 인파가 뒤를 따르는 가운데 그의 유
해는 팡테옹에 안장되었다.

『파리의 노트르담』 바칼로레아

1 빅토르 위고는 '그로테스크'이론을 내세우며 프랑스의 낭만주의 운동을 이끈 사람이다. 그로테스크란 '기괴한, 우스꽝스러운'이라는 뜻을 가진 프랑스어다. 그는 바람직한 인간의 모습만 보여주는 고전주의 예술은 인간의 반쪽만 보여주는 것이라고 주장했다.

여러분은 좋은 예술 작품이란 바람직한 인간의 모습을 보여주는 것이 좋은 예술 작품이라고 생각하는가, 아니면 인간의 추한 모습도 보여주는 것이 좋은 예술 작품이라고 생각하는가?

2 이 소설은 '숙명'이라는 그리스 단어로부터 시작한다. 여러분은 이 세상에 숙명이라는 것이 존재한다고 믿는가? 만일 존재한다면 우리는 그 숙명을 따라야만 하는가?

3 이 소설은 카지모도와 에스메랄다의 영혼의 결혼으로 끝난다. 여러분은 그들의 영혼이 천상에서 맺어졌으리라고 믿는가?

파리의 노트르담

생각하는 힘: 진형준 교수의 세계문학컬렉션 29

펴낸날	초판 1쇄 2018년 2월 1일

지은이	**빅토르 위고**
옮긴이	**진형준**
펴낸이	**심만수**
펴낸곳	**(주)살림출판사**
출판등록	1989년 11월 1일 제9-210호

주소	**경기도 파주시 광인사길 30**
전화	**031-955-1350** 팩스 **031-624-1356**
홈페이지	http://www.sallimbooks.com
이메일	book@sallimbooks.com

ISBN	978-89-522-3825-2 04800
	978-89-522-3842-9 04800 (세트)

※ 값은 뒤표지에 있습니다.
※ 잘못 만들어진 책은 구입하신 서점에서 바꾸어 드립니다.

이 도서의 국립중앙도서관 출판시도서목록(CIP)은 서지정보유통지원시스템 홈페이지
(http://seoji.nl.go.kr)와 국가자료공동목록시스템(http://www.nl.go.kr/kolisnet)에서
이용하실 수 있습니다.(CIP제어번호: CIP2017035129)

책임편집·교정교열 **오석하 이해옥**